工业和信息化高职高专"十二五"规划教材立项项目

21世纪高职高专机电工程类规划教材

21 SHIJI GAOZHIGAOZHUAN JIDIANGONGCHENGLEI GUIHUA JIAOCAI

单片机应用技术项目教程

■ 李萍 田红彬 主编

张池 邹琦 副主编

人民邮电出版社

北 京

图书在版编目（ＣＩＰ）数据

单片机应用技术项目教程 / 李萍，田红彬主编. --
北京：人民邮电出版社，2012.3
21世纪高职高专机电工程类规划教材
ISBN 978-7-115-27065-8

Ⅰ. ①单… Ⅱ. ①李… ②田… Ⅲ. ①单片微型计算
机－高等职业教育－教材 Ⅳ. ①TP368.1

中国版本图书馆CIP数据核字(2011)第260098号

内 容 提 要

　　本书结合目前最新的职业教育改革要求，通过十几个典型工作任务，按照基于工作过程的编写思路，主要介绍单片机开发工具软件（KEIL、PROTEUS）、C51程序设计、单片机内部资源的应用、人-机交互处理、数据通信处理、A/D 与 D/A 转换接口以及单片机综合应用系统设计等内容。本书注重技能训练，内容贴近电子行业的职业岗位需求，具有很强的实用性、可读性和可操作性。

　　本书适用于高职、高专的电子信息类、通信类、自动化类、机电类等专业作为单片机技术课程的教材，也可作为应用型本科院校、中职和培训班的教材以及电子产品设计人员的参考书。

21 世纪高职高专机电工程类规划教材

单片机应用技术项目教程

- ◆ 主　编　李　萍　田红彬
  　副主编　张　池　邹　琦
  　责任编辑　李育民
- ◆ 人民邮电出版社出版发行　　北京市崇文区夕照寺街 14 号
  　邮编　100061　　电子邮件　315@ptpress.com.cn
  　网址　http://www.ptpress.com.cn
  　大厂聚鑫印刷有限责任公司印刷
- ◆ 开本：787×1092　1/16
  　印张：10.5　　　　　　　　　2012 年 3 月第 1 版
  　字数：259 千字　　　　　　　2012 年 3 月河北第 1 次印刷

ISBN 978-7-115-27065-8

定价：24.80 元

读者服务热线：**(010)67170985**　印装质量热线：**(010)67129223**
反盗版热线：**(010)67171154**
广告经营许可证：京崇工商广字第 0021 号

单片机技术是电子技术领域中应用最广泛的一项技术，如工业控制、智能仪器仪表、机电一体化产品、家用电器等领域，因此，大专院校普遍开设了这门课程，并且各专业的课程设计、毕业设计和科研项目都广泛应用了单片机。

本书是河南省高等教育教学改革研究省级立项项目（2009SJGL×385）的主要成果，作者从事多年单片机课程的教学和实践，对初学者的需求和认知特点比较了解，本书在编写过程中，对职业岗位进行了深入的调查分析，参阅了大量国内外文献资料，并结合多年的教学与实践经验，全方位多角度地体现了高职教育的教学特色。与目前国内大量单片机教材相比，该书的特点有以下几个方面。

1．基于工作过程编写教材

在结构的编排上，打破多年来沿用的学科体系的并行结构，采用"串行结构"。以培养能力为主线，以工作过程为参照系，将陈述性知识与过程性知识、理论知识与实践知识整合，以实现知识和实践技能的融合。知识总量遵循高职教育"适度、够用"的原则，顺应学生的认知心理顺序，适应高职学生的就业方向。

2．从职业岗位需求出发，采用 C 语言编程

传统的单片机教学采用汇编语言进行控制程序设计。对于高职学生，汇编语言不易理解，可读性差，很难掌握其编程方法。在实际工作中，单片机应用产品的开发大多采用 C 语言。本书将把相关的 C 语言知识进行有机的、覆盖性的分解，然后融入工作任务的实现过程中，让学生在技能训练中逐渐掌握编程方法。

3．PROTEUS 软件仿真教学，编程方法模板化

本教材所采用的 PROTEUS 软件仿真教学和编程方法模板化是作者多年教学、科研实践经验的积累和总结，可以有效解决高职学生学习单片机中的实践和编程两大难题。

4．项目任务循序渐进，易于实现，具有综合性和系统性

项目任务紧扣培养目标，易于实现、循序渐进，每个任务既相对独立，又具有扩展性，任务内容避免过大过繁，以实现即学即用，尽快缩短从初学到使用之间的距离。综合应用任务综合大部分单元的训练内容，并引入大量实际设计经验，体现技能训练的综合性和系统性。

5．叙述直观生动，增强可读性和可操作性

在叙述方式上，元件清单和元件实物图、电路原理图和实物图相对照，增强可读性；操作步骤具体详尽，引导读者动手完成设计，具有较强的可操作性。

本书由漯河职业技术学院的李萍和河南职业技术学院的田红彬担任主编，漯河职业技术学院的张池和邹琦任副主编。全书由李萍、田红彬制定提纲，李萍统稿、定稿。李萍编写了模块二和模块五，田红彬编写了模块三，张池编写了模块一和附录，邹琦编写了模块四和模块六。李文明、王立朋进行了资料搜集和部分绘图工作，韩玉平、刘双洋对各实训任务进行了调试。

在编写本书过程中，编者参考了许多文献资料，在此向各文献资料的作者表示感谢。

由于编者知识水平和经验有限，加之时间仓促，书中难免存在不妥或错误之处，敬请广大读者批评指正。

编者电子邮箱 LPSHEEP@126.COM。

编　者

2012 年 1 月

目 录

模块一
单片机应用系统入门

【能力目标】

- 掌握单片机最小系统——流水灯的程序调试和印制电路板的制作

【知识目标】

- 理解单片机的概念
- 掌握单片机外部引脚、单片机的时钟复位电路
- 学会 KEIL 和 PROTEUS 的联合仿真调试
- 能够独立焊接流水灯印制电路板

任务 流水灯的制作

一、任务导入

本项目从制作单片机控制流水灯入手，让读者对单片机、单片机应用系统有一个感性的认识，对单片机系统的基本开发过程有一个大致的了解，理解单片机外部引脚的一些知识。

电路实物如图 1-1 所示，8 只 LED 从左到右循环流动点亮，产生流水灯（走马灯）效果。

二、知识链接

（一）51 单片机简介

单片机是微型计算机的一个重要分支。将运算器、控制器、存储器和各种 I/O（输入/输出）接口等计算机的主要部件集成在一块芯片上，就能得到一个单芯片的微型计算机，它虽然只是一个芯片，但在组成和功能上已经具有

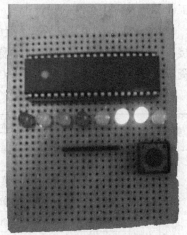

图 1-1 流水灯实物图

了计算机系统的特点，因此称之为单片微型计算机（Single-Chip Microcomputer），简称单片机。由于单片机的设计通常是面向控制、嵌入对象体系中的，有别于通用的微型计算机，因此又称为微控制器（Micro-Controller）、嵌入式微控制器（Embedded-Micro-Controller）。

单片机上是一个芯片。它具有结构简单、控制功能强、可靠性高、体积小、价格低等优点，单片机技术作为计算机技术的一个重要分支，广泛地应用于工业控制、智能化仪器仪表、家用电器、电子玩具等各个领域。

1. 单片机的发展历程

单片机的发展历程通常可划分成 4 个阶段。

（1）第一阶段（1976—1978）：单片机的探索阶段。以 Intel 公司的 MCS-48 为代表。MCS-48 的推出是在工控领域的探索，参与这一探索的公司还有 Motorola、Zilog 等，都取得了满意的效果。这就是 SCM 的诞生年代，"单片机"一词即由此而来。

（2）第二阶段（1978—1982）：单片机的完善阶段。Intel 公司在 MCS-48 基础上推出了完善的、典型的单片机系列 MCS-51。它在以下几个方面奠定了典型的通用总线型单片机体系结构。

① 完善的外部总线。

② CPU 外围功能单元的集中管理模式。

③ 体现工控特性的位地址空间及位操作方式。

④ 指令系统趋于丰富和完善，并且增加了许多突出控制功能的指令。

（3）第三阶段（1982—1990）：8 位（bit）单片机的巩固发展及格 16 位单片机、32 位单片机推出阶段。继 8 位单片机之后，Intel 公司又在 1983 年推出了 16 位单片机 MCS-96 系列。与 MCS-51 相比，MCS-96 不但字长增加一倍，而且在其他性能方面也有很大提高，如在片内增加一个 4 路或 8 路的 10 位 A/D（模拟/数字）转换器，具有 A/D 转换功能等等。

（4）第四阶段（1990 至今）：微控制器的全面发展阶段。随着单片机在各个领域全面深入地发展和应用，出现了高速、大寻址范围、强运算能力的 8 位/16 位/32 位通用型单片机，以及小型廉价的专用型单片机。现在，89S51 目前已经成为了实际应用市场上新的宠儿，作为市场占有率第一的 Atmel 目前公司已经停产 AT89C51，将用 AT89S51 代替。

2. MCS-51 系列单片机

本书以目前使用最为广泛的 MCS-51 系列 8 位单片机为研究对象，介绍单片机的硬件结构、工作原理及应用系统的设计。

MCS-51 系列单片机的基本组成虽然相同，但各厂商所派生出来的产品在内部结构上（如并行接口（简称并口）、窜行接口（简称窜口）、定时器、中断源数目）却有所不同。典型的单片机产品资源配置见表 1-1，表中列出了 MCS-51 系列典型产品的型号和性能指标，下面对此进行简要说明。

表 1-1　　　　　　　　　　　　MCS-51 系列产品资源配制

类　　型		芯片型号	片内存储器类型及容量		片内其他功能单元配置			
			ROM	RAM	并行接口	中断源	定时/计数器	串行接口
总线型	基本型	80C31	—	128B	4 个	5 个	2 个	1 个
		80C51	4KB 掩摸	128B	4 个	5 个	2 个	1 个
		87C51	4KB EPROM	128B	4 个	5 个	2 个	1 个
		89C51	4KB Flash	128B	4 个	5 个	2 个	1 个
		89S51	4KB ISP Flash	128B	4 个	5 个	2 个	2 个

类 型		芯片型号	片内存储器类型及容量		片内其他功能单元配置			
			ROM	RAM	并行接口	中断源	定时/计数器	串行接口
总线型	增强型	80C32	—	256B	4个	6个	3个	1个
		80C52	8KB 掩摸	256B	4个	6个	3个	1个
		87C52	8KB EPROM	256B	4个	6个	3个	1个
		89C52	8KB Flash	256B	4个	6个	3个	1个
非总线型		89C2051	2KB Flash	128B	2个	5个	2个	1个
		89C4051	4KB Flash	128B	2个	5个	2个	1个

注：总线型即总线型单片机，采用总线结构，由于要进行总线控制，因此引脚数量较多。

非总线型即非总线型单片机，无须进行总线扩展，引脚数量较少，如89C2051，见图1-2。

注：B 即字节，计算机存储单位。ROM 即只读存储器（Read-Onlg Memory）。RAM 即随机存取存储器（Random-Access Memory）。

（1）基本型与增强型。

① 基本型。基本型单片机型号的末位数字为"1"，如80C51。这类单片机能满足基本的控制要求，对于一般的单片机控制系统是够用的。

② 增强型。增强型单片机型号的末位数字为"2"，如80C52。这类单片机在存储器配置和中断定时控制等方面进行了加强。

（2）片内 ROM 类型。

① 无 ROM（即 ROMless）型。如 80C31，应用时要在片外扩展程序存储器，目前这种型号已被淘汰。

② 掩摸 ROM（即 MaskROM）型。如 80C51，用户程序只能由芯片生产厂商写入，不能更改，适合成型后的批量生产。

③ EPROM 型。如 87C51，用户程序由编程器写入，通过紫外线照射擦除，使用起来不方便。

④ FlashROM 型。如 AT89C51、AT89S51，用户程序可以经由电写入或者电擦除，这是当前的主流芯片。本书所有实训均以 AT89C51、AT89S51 实现。

（二）单片机的外部引脚

80C51 系列单片机有双列直插式（Dual In-Line Package，DIP）、方形扁平式（Quad Flat Pack，QFP）等多种封装形式。下面以常用的总线型 DIP40 封装（见图 1-3）和非总线型 DIP20 封装（见图 1-2）为例进行说明。

AT89S51 与 80C51 相比，外形引脚完全相同。

1. 总线型 DIP40 引脚

① 电源引脚（2 个）。

- VCC：接+5V 电源。

- VCC：地端。

② 外接晶体引脚（2 个）。

- XTAL1：外接晶振输入端（采用外部振荡器，此引脚接地）。

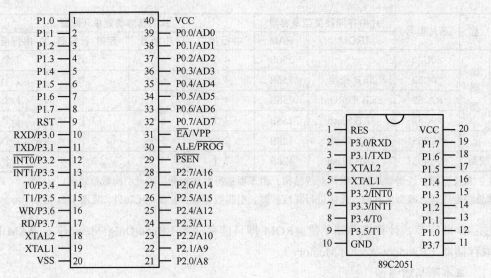

图 1-2　80C51 系列单片机 DIP40 封装引脚排列图　　　　图 1-3　非总线型 DIP20 引脚

- XTAL2：外接晶振输入端（采用外部振荡器，此引脚作为外部振荡信号输入端）。

③ 并行输入/输出引脚（32 个，分成 4 个 8 位接口）。

- P0.0～P0.7：通用 I/O 引脚或数据/低 8 位地址总线复用引脚。

- P1.0～P1.7：通用 I/O 引脚。

- P2.0～P2.7：通用 I/O 引脚或高 8 位地址总线复用引脚。

- P3.0～P3.7：通用 I/O 引脚或第二功能引脚（RXD、TXD、$\overline{INT0}$、$\overline{INT1}$、T0、T1、$\overline{WR}$、$\overline{RD}$）

④ 控制引脚（4 个）。

- RST/VPD：复位信号输入引脚/备用电源输入引脚。

- ALE/$\overline{PROG}$：地址锁存允许信号输入引脚/编程脉冲输入引脚。

- $\overline{EA}$/VPP：内外存储器选择引脚/片内 EPROM（或 FLashROM）编程电压输入引脚。

- $\overline{PSEN}$：片外程序存储器读选通信号输出引脚。

2. 非总线型 DIP20 引脚

① 电源引脚（2 个）。

- VCC：接+5V 电源。

- GND：接地端。

② 外接晶体引脚（2 个）。

- XTAL1：引脚晶振输入端（采用外部振荡器时，此引脚接地）。

- XTAL2：外接晶振输入端（采用外部振荡器时，此引脚作为外部振荡器信号输入端）。

③ 并行输入/输出引脚（15 个）。

- P1.0～P1.7：通用 I/O 引脚（P1.0 和 P1.1 兼作模拟信号输入引脚 AIN0. AIN1）。

- P3.0～P3.5、P3.7：通用 I/O 引脚或第二功能引脚（P3.0～P3.5 兼作引脚 RXD、TXD、$\overline{INT0}$、$\overline{INT1}$、T0、T1）。

④ 控制引脚（1个），RST 复位信号输入引脚。

（三）单片机的时钟、复位电路

1．时钟信号的产生

单片机可以利用图 1-4（a）和（b）所示的两种形式产生片内的时钟信号，为单片机内部的各种操作提供时间基准。

由图 1-4 所示可见，单片机内部有一个振荡器，其 XTAL1 端和 XLTAL2 端必须外接石英晶体和微调电容，其中电容 C_1、C_2 对振荡频率选择范围为 1.2～12MHz。单片机也可以使用外部时钟，此时，XTAL2 端用来输入外部时钟信号，而 XTAL1 端则接地。

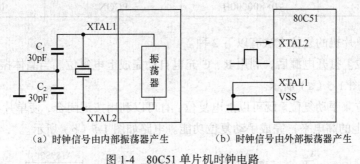

（a）时钟信号由内部振荡器产生　　　　（b）时钟信号由外部振荡器产生

图 1-4　80C51 单片机时钟电路

2．时序

描述单片机时序的基本单位有节拍、状态、回去、机器周期和指令周期。

① 振荡周期 P。由石英晶体振荡器产生的时钟信号的周期称为振荡周期，用 P 表示，它是 80C51 单片机中最小的时序单位。

② 状态周期 S。对时钟信号二分频后所形成的脉冲信号周期称为状态周期，用 S 表示。每个状态周期 S 包含 2 个振荡周期，分别记做 P_1、P_2，所以 $1S=2P$。

③ 机器周期。单片机完成一个基本操作所需的时间称为机器周期。一个周期包含 12 个振荡周期，即 6 个状态周期，依次表示为 S_1～S_6。如果采用 6MHz 晶体振荡器，则每个机器周期为 2μs。

④ 指令周期。CPU 执行一条指令所需要的时间是一个指令周期，它是时序中最大的时间单位。一个指令周期通常含有 1～4 个机器周期。80C51 单片机只有乘法和除法 2 条指令占用 4 个机器周期；其余指令只需 1～2 个机器周期就能完成。

3．复位电路

无论是在乘机刚开始接上电源时，还是断电后或者发生故障后都要复位。单片机复位是使 CPU 和系统中的其他功能部件都恢复到一个确定的初始状态，并从这个状态开始工作，如复位后 PC=0000H，使单片机从程序存储器的第一个单元取指令执行。单片机复位时间在 5ms 以内。

单片机复位的条件是，复位信号引脚 RST/VPD，保持 2 个机器周期以上的高电平。复位后，单片机从程序存储器 0000H 单元开始执行程序。当单片机运行出错或进入死循环后，也可以利用复位操作进行重新启动。单片机复位后不改变片内 RAM 中的内容，复位后各专用寄存器的状态见表 1-2。

表 1-2　　　　　　　　　　　　　SFR 复位后的初始状态

SFR	初 始 状 态	SFR	初 始 状 态
ACC	00H	TMOD	00H
B	00H	TCON	00H
PSW	00H	TH0	00H
SP	07H	TL0	00H
DPL	00H	TH1	00H
DPH	00H	TL1	00H
P0～3	0FFH	SBUF	不定
IP	×××00000B	SCON	00
IE	0××00000B	PCON	0×××0000B

常用的 51 单片机的复位方法有以下 2 种。

① 上电复位。打开电源后，利用 R、C 充电自动完成上电复位。当晶体振荡器采用 6MHz 时，复位电路如图 1-5（a）所示。

② 上电复位兼手动复位。既可以上电复位，有可以利用按键闭合，使单片机复位引脚保持 2 个机器周期以上的高电平，完成手动复位功能。电路如图 1-5（b）所示。

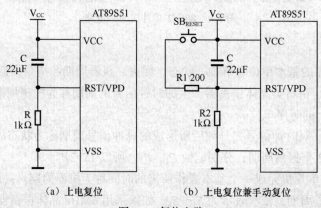

　　（a）上电复位　　　　　　　（b）上电复位兼手动复位

图 1-5　复位电路

（四）单片机开发系统

1．单片机系统

单片机只集成了计算机的一些基本组成部件，无法将计算机的全部电路都集成到其中，如组成时钟和复位电路的石英晶体、电阻、电容等。此外，在实际的控制应用中，还经常需要扩展外围电路和外围芯片，如存储器、定时器/计数器、中断源等。因此，单片机系统是指在单片机芯片的基础上辅以必要的外围设备构成的具有一定应用能力的计算机系统。它包括硬件和软件 2 部分。图 1-6 所示为单片机系统的组成框图。

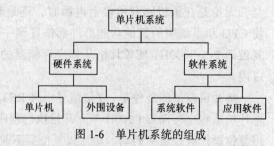

图 1-6　单片机系统的组成

2．单片机应用系统及开发

单片机应用系统是能满足控制对象全部要求的电路系统和应用软件的总称。它在单片机系统的基础上配置了面向对象的电路，如面向监测对象的前向通道接口电路、面向控制对象的后向通道接口电路、键盘、显示器、打印机等人-机交互通道接口、满足远程数据通信要求的串行通信接口等。

单片机应用系统的开发设计包括硬件和软件 2 部分，开发设计流程如图 1-7 所示。

① 对单片机应用系统进行系统分析，确定系统设计的思路。

② 根据设计思路画出硬件设计原理图，并利用电路仿真软件 PROTEUS 进行电路仿真，仿真通过后，制作硬件电路。

③ 根据输入/输出应用系统的要求，进行软件设计，编制源程序，进行编译并生成可执行目标文件.HEX 和.BIN 文件。

④ 利用 KEIL 及 PROTEUS 等工具软件进行仿真调试、修改直至达到预期效果；也可以将仿真器与设计好的硬件相连接，仿真运行直至达到预期效果。

⑤ 将程序下载至单片机芯片。

⑥ 将单片机芯片插入电路中的单片机插座，脱机运行。

```
系统分析
  ↓
硬件设计
  ↓
电路仿真、制
作硬件电路
  ↓
软件设计
  ↓
系统仿真调
试、修改
  ↓
软件下载
  ↓
脱机运行
```

图 1-7　开发流程

3．仿真器、编程器与实验板

（1）仿真器。仿真是单片机开发过程中非常重要的一个环节，除了一些极简单的任务，一般产品开发过程都要进行仿真。仿真就是利用仿真器来代替应用系统（称目标机）的单片机部分，对应用电路进行检测和调试，它的主要功能就是仿真各种型号的单片机的功能。

仿真通常分为 2 类：软件仿真和硬件仿真。前者成本低、使用方便，可以模拟硬件进行实时调试。后者可以对实际的系统硬件进行实时调试和故障差别，但需购买仿真器和实验板（或者自行研发的系统印制电路板），目前国内有多种品牌的仿真器，如万利、伟福等，价格从几百到上千不等，价格越贵的可以仿真的单片机种类越多，一般带有专用仿真软件和使用说明书。

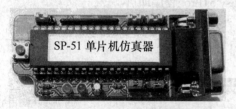

图 1-8　SP-51 单片机仿真器

一个最简单、价格最低、使用通用仿真软件 KEIL 的仿真器如图 1-8 所示。它可以仿真的单片机芯片见表 1-3。它一般主要由以下几个部分构成。

表 1-3　　　　　　　　SP-51 仿真器支持以下 51 系列单片机芯片仿真

公司	芯片
Atmel 公司	AT89C51、AT89C52、AT89S51、AT89S52、AT89C1051（需使用 AT205*仿真头）、AT89C2051（需使用 AT205*仿真头）、AT89C4051（需使用 AT205*仿真头）、AT89LV52、AT89S53、AT89LS53、AT89C55、AT89LV55 等
Philips 公司	P80C54、P80C58、P87C54、P87C58、P87C524、P87C528 等
Winbond 公司	W78C54、W78C58、W78E54、W78E54 等
Inter 公司	i87C54、i87C58、i87L54、i87L58、i87C51FB、i87C51FC 等
Siemens 公司	C501-1R、C501-1E、C513A-H、C503-1R、C504-2R 等
Temic 公司	80C51、80C52、83C154、83C154D、89C51、87C52 等

Dallas 公司	DS83C520、DS87C520 等
ISSI 公司	IS80C52、IS89C51、IS89C52 等
SST 公司	SST89C54、SST89C58 等

① 仿真器主机：完成最主要的仿真功能，即单片机功能仿真。

② 仿真器电源：为仿真器主机提供工作电源。

③ 仿真头：根据单片机的封装形式，有针状或其他形状插座，可以插入用户目标板的插座中。另一端通过仿真电缆连接到仿真主机，把仿真主机和用户目标开发板连接起来。

④ 电缆：连接仿真器主机和开发人员的计算机。根据仿真器型号的不同，通信电缆可能是 RS232 串口电缆、并口电缆或 USB 电缆。电脑的串口和并口不支持热插拔，在联机后，如果带电插拔仿真器就可能导致接口电路 MAX232 损坏，因此插拔时保证仿真器或者电脑至少有一方的电源是断开的。

（2）编程器（烧录器）。编程器的种类很多，这里介绍一款最简单的编程器——SP-51Pro 编程器，如图 1-9 所示。SP-51Pro 编程器可以烧录 Atmel 公司系列单片机芯片，性能稳定，烧录速度快，性价比高。支持的芯片型号有 AT89C51、C52、C55 等。

① 硬件连接。

- 通信电缆与编程器连接好。
- 将串口插头插入电脑串口。
- USB 插头插入电脑任一个 USB 口，此时编程器上 LED 点亮，表明电源接通。

② 软件使用。软件 Easy 51Pro 支持 Win9x/me/2000/NT，标准 Windows 操作界面。不需要安装，直接把相关的软件拷贝到硬盘中，运行其中的 Easy 51Pro 程序即可。

程序启动后，会自动检测硬件及连接，状态框中显示"就绪"字样，表示编程器连接和设置均正常。否则请检查硬件连接和接口设置，如图 1-10～图 1-12 所示。

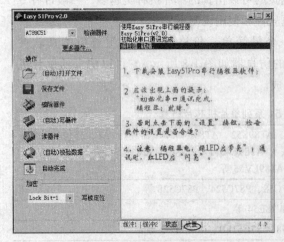

图 1-10　连接编程器

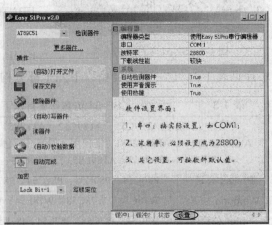

图 1-11　软件设置

把单片机芯片正确地放到编程器的相应插座上，注意，芯片的缺口要朝向插座的把手方向。芯片放好后，就可以对芯片进行读（R）、写（W）操作，如图 1-13 所示。读写操作按下面的步骤进行。

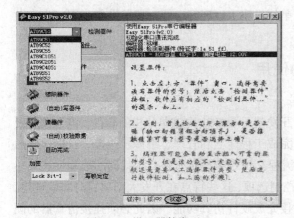

图 1-12　设置器件类型

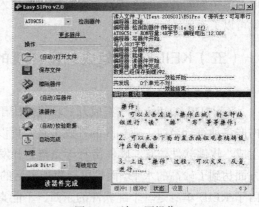

图 1-13　读、写操作

- 程序运行，请先选择器件（点下选框）。
- 用"打开文件"选择打开要编写的.HEX 和.BIN 文件。
- 用"保存文件"可以保存读出来的文件。
- 用"擦除器件"擦除芯片。
- 用"写器件"编程。
- 用"读器件"读取芯片中的程序，加密的读不出来。
- 用"校验数据"检查编程的正确与否。
- 用"自动完成"自动执行以上各步骤。
- "加密"选择加密的级数。

（3）实验板。使用硬件仿真还需用到实验板（或者自行研发的系统印制电路板），图 1-14 所示为一个键盘、LED、LCD 显示实验板，比较简单，市面价格在百元左右，很适合初学者使用，板上

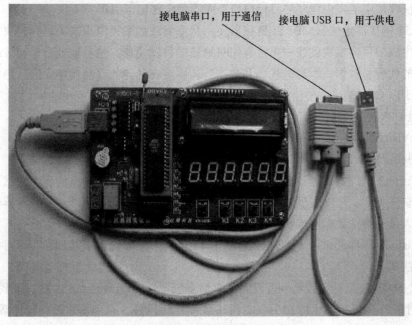

图 1-14　实验板

有 4 个按键、8 个发光二极管、6 个数码管（LED）和 1 个 LCD 显示屏，可以进行本教材 70% 以上的实训内容。硬件仿真时，将仿真器插入单片机座上，连好电缆，按照操作步骤一步步做就可以了。

（五）KEIL C51 集成开发环境的使用

1. KEIL IDE 简介

Keil IDE（μVision2）集成开发环境是用于开发基于 80C51 内核单片机的软件。该开发平台内嵌多种符合当前工业标准的开发工具，可以完成工程建立和管理、编译、连接、目标代码的生成、软件软件仿真、硬件仿真等完整的开发流程。其 C 编译工具在产生代码的准确性和效率方面达到了较高的水平，而且可以附加灵活的控制选项，这些特点在开发大型项目时非常理想。由于 KEIL 本身是一个纯软件的东西，不能直接完成硬件仿真功能，因此必须挂接仿真器的硬件才可以进行仿真。

KEIL IDE 包含以下基本功能模块。

（1）μVision2 IDE。μVision2 IDE 包括一个工程管理器，一个功能丰富并有交互式错误提示的编辑器，选项设置生成工具，以及在线帮助。可以使用 μVision2 创建源文件，并将多个文件组成应用工程加以管理。μVision2 可以自动完成编译、汇编、链接程序的操作，使开发人员可以只专注开发工作的效果。

（2）C51 编译器和 A51 汇编器。由 μVision2 IDE 创建的源文件可以被 C51 编译器或 A51 汇编器处理生成可重定位的 Object 文件。KEIL C51 编译器遵照 ANSI C 语言标准支持 C 语言的所有标准特性，另外还增加了几个可以直接支持 80C51 结构的特性。KEIL A51 宏汇编器支持 80C51 及其派生系列的所有指令集。

（3）LIB51 库管理器。LIB51 库管理器可以从由汇编器和编译器创建的目标文件建立相对应的目标库。这些库是按规定格式排列的目标模块，可在以后被链接器所使用。当链接器处理一个库时，仅仅使用了库中程序的目标模块，而不是全部加以引用。

（4）BL51 链接器定位器。BL51 链接器使用从库管理器中提取出来的目标模块，以及由编译器汇编器生成的目标模块创建一个含有绝对地址的目标模块。绝对地址目标文件或模块包括不可重定位的代码和数据，所有的代码和数据都被固定在具体的存储器单元内。绝对地址目标文件可以用于以下目的。

① 编程 EPROM 或其他存储器设备。

② 由 μVision2 调试器对目标进行调试和模拟。

③ 使用在线仿真进行程序测试。

（5）μVision2 软件调试器。μVision2 软件调试器可以进行快速可靠的程序调试。该调试器包括一个调整模拟器，开发人员可以使用它模拟整个 80C51 系统，包括片上外围器件和外部硬件。当开发人员从器件数据库选择单片机器件时，这个器件的属性会被自动配置。

（6）μVision2 硬件调试器。μVision2 硬件调试器向开发者提供了几种在实际目标硬件上测试程序的方法如下。

① 安装 MON51 目标监控器到开发者的目标系统，并通过 Monitor-51 接口下载源程序。

② 使用高级 GDI 接口，将 μVision2 调试器同类似于 TKS 系列仿真器的硬件系统相连接。通过 μVision2 的人-机交互环境指挥连接的硬件完成仿真操作。

（7）RTX51 实时操作系统。RTX51 实时操作系统是针对 80C51 单片机系列的一个多任务内核。RTX51 实时内核简化了需要对实时事件进行反应的复杂应用的系统设计、编程和调试。这个内核完全集成在 C51 编译器中，使用非常简单。任务描述表和操作系统的一致性由 BL51 链接器/定位器自动进行控制。

2．KEIL 软件功能环境

（1）µVision2 软件有菜单栏，可以快速选择命令按钮的工具栏、一些源代码文件窗口、对话框窗口以及信息显示窗口。

① 源文件窗口：该窗口用于显示开发人员编写的代码。

② 工程窗口：该窗口用于显示工程包含的文件，以及在仿真时显示单片机特殊寄存器的值。

③ 输出窗口：该窗口用于显示编译、链接信息包含警告和报错。

④ 观察窗口：该窗口可以用来观察开发人员定义的变量以及寄存器的值。

⑤ 工具栏：包含所有有关 KEIL 软件的操作，下面将详细介绍。

⑥ 存储区窗口：用于查看存储区空间的内容，包含片内和片外存储器。

（2）常用的工具栏有如下几个。

① 文件菜单及命令（File）。文件菜单完成 KEIL 有关文件方面的操作。

② 编辑菜单及命令（Edit）。编辑菜单完成 KEIL 有关编辑方面的操作。

③ 视图菜单及命令（View）。视图菜单用于打开相应的观察窗口。

④ 工程菜单及命令（Project）。工程菜单完成工程相关的操作。

⑤ 调试菜单及命令（Debug）。调试菜单用于工程调试。

具体用法在下节有详细描述。

3．KEIL 环境下的工程开发

在介绍了 KEIL IDE 的一些基本内容后，以任务 1（流水灯）为例介绍怎样使用 KEIL 开发一个工程。

（1）工程的创建。KEIL 的工程可以包含源文件、头文件、说明文档等。要创建一个工程，可以执行"工程"|"新建工程"命令，将出现"新建工程"（Creat New Project）对话框，如图 1-15 所示。

该窗口用于指定新工程的文件名以及保存的目录，用户选定后单击"保存"按钮。

（2）指定目标器件。当保存了新建工程，KEIL 自动弹出"为目标选择设备"（Select Device for Target）对话框，如图 1-16 所示。

器件选择的目的是告诉 KEIL，工程采用的是哪个公司的哪一种型号的 MCS-51 单片机。因为不同型号的 51 芯片内部的资源是不同的，KEIL 将根据选择的单片机型号为工程进行 SFR 的预定义，以及在软硬件仿真中提供易于操作的外设浮动窗口等。

图 1-15 "新建工程"对话框

图 1-16 中左边列出了大多数厂商各型号的 51 系列单片机，如果工程采用的型号在 KEIL 中找不到，开发人员可能选择其他公司的相近型号来替代。

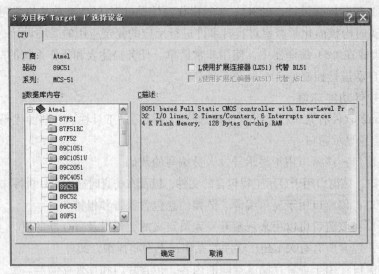

图 1-16 "为目标 Targe 1 选择设备"对话框

（3）建立程序文件。在 KEIL 中，开发人员既可以创建汇编文件，也可以创建 C 文件，同时也可以创建其他类型的文件，如头文件等，创建的方法如下。

在主菜单执行"文件"|"新建"命令后，在文件窗口会出现 Text1 的新文件窗口。开发人员可以把新文件保存起来并为它起一个正式的名字。执行"文件"|"另存为"（Save As）命令将出现"另存为"对话框，如图 1-17 所示，在"文件名"文本框中输入新建文件的名字，这里取一个名字为 lsd.c。

图 1-17 "另存为"对话框

图 1-17 所示保存类型用于指定文件类型后缀名为 c 则为 C 程序，如果要使用汇编程序，则选用后缀名为 ASM 的文件类型。文件保存的路径可以选择在工程目录下，这样便于管理。

建立了一个为 lsd.c 的 C 程序后，这个文件是一个空文件，将流水灯程序写入该文件并保存。

```c
//流水灯程序

#include<reg51.h>
#include <intrins.h>


void delayms(unsigned char ms)
// 延时子程序
{
    unsigned char i;
    while(ms--)
    {
        for(i = 0; i < 120; i++);
    }
}


main()
```

```
{
    unsigned char LED;
    LED = 0xfe;
    P0 = LED;

    while(1)
    {
        delayms(250);
        LED = _crol_(LED,1);         //循环左移1位，点亮下一个LED
        P0 = LED;
    }
}
```

（4）添加/删除文件到指定工程。上面创建了一个文件 lsd.c，但这个文件和创建的工程 C51Project 还没有任何关系，下面要介绍的是将创建的文件添加到工程内。

右键单击工程窗口的"Source Group1"，将弹出一个快捷菜单，如图 1-18 所示。

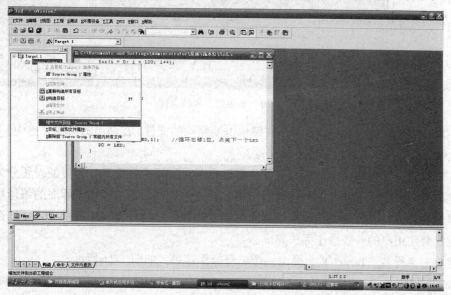

图 1-18　快捷菜单

选择"增加文件到组'Source Group'"（Add File to Group）选项后，弹出"相应"对话框，如图 1-19 所示。

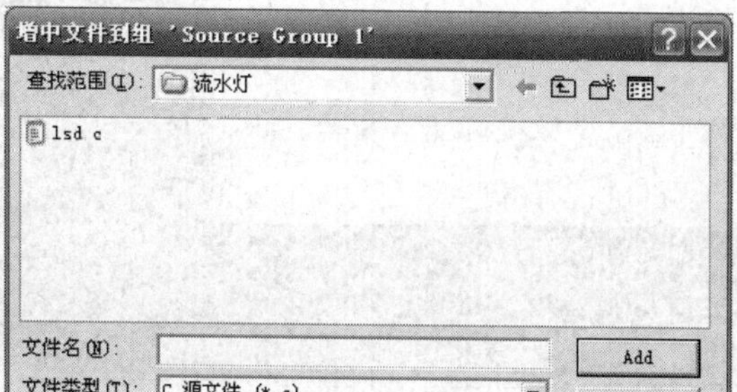

图 1-19　"Add File to Group"对话框

选中 lsd.c 后，左键单击"Add"（添加）按钮，该文件就添加到创建的工程内。在工程的

"Source Group"中,可以看到新添加的文件,如图 1-20 所示。

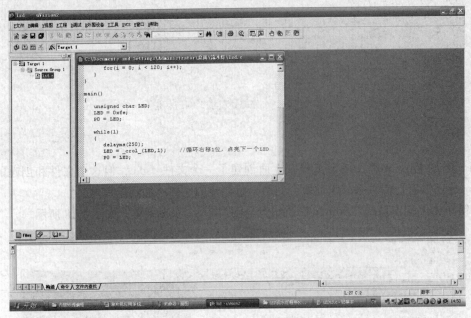

图 1-20　添加到工程的文件

从工程中删除文件夹方法很简单,右键单击要删除的文件,在弹出的快捷菜单中,选择"删除文件"(Remove File)选项即可删除文件。

(5)工程设置。工程建立以后,开发人员还需要对工程进行设置。工程的设置分为软件设置和硬件设置。硬件设置主要针对仿真器的参数设置;软件设置主要用于程序的编译和连接的参数设置。还有一些参数是用于软件仿真。对于软件和硬件的设置,用户都应该仔细选择,不恰当的配置会使用户的一些操作无法完成。

右键单击工程名"Target 1",弹出一个工程操作菜单,如图 1-21 所示。

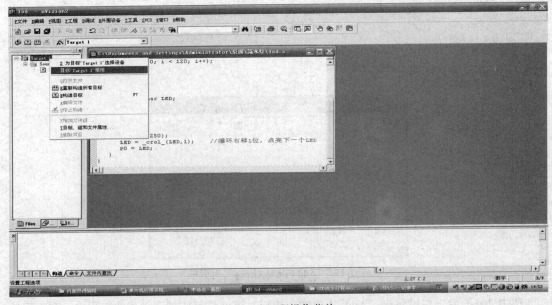

图 1-21　工程操作菜单

选择"目标属性"选项后即可以进行工程设置。

工程设置主要包含以下内容。

① 目标：用户最终系统的工作模式的设定，它决定用户系统的最终框架。

在工程配置对话框中选择"目标"选项卡，如图 1-22 所示，各选项说明如下。

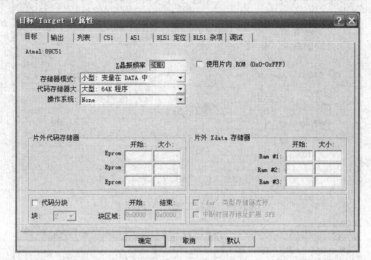

图 1-22   目标选项

● 芯片类型。芯片类型是用户在建立工程时选择的目标器件型号。这里不能更改，如果用户需要更改可以单击"设备"（Device）按钮，然后在众多芯片重新选择。

● 存储器模式选择。存储器模式有 3 种可以选择。

Small：没有指定区域的变量默认放置在 data 区域内。

Compact：没有指定区域的变量默认放置在 pdata 区域内。

Larger：没有指定区域的变量默认放置在 xdata 区域内。

● 晶振频率选择。晶振频率选择的主要功能是在软件仿真时起作用。KEIL 将根据用户的输入频率来决定软件仿真时系统运行的时间和时序，在选择硬件仿真时，晶振频率设为 11.0592MHz，因为实际用的晶振是这个值。

● 程序空间的选择。选择用户程序空间的大小。

● 操作系统的选择。是否选用操作系统。

② 输出：工程输出文件的设定，例如是否输出最终的 HEX 文件以及格式设定。在工程配置对话框中选择"输出"（Out put）选项卡，如图 1-23 所示。

如果在输出选项卡中选择"生成 HEX File"选项，μVision2 将为每个代码块生成一个从地址 0 开始的 64KB 的物理映像，这些 HEX 文件可以写到 EPROM 中相应的存储空间中。

③ 调试：硬件和软件仿真的设定。在工程配置中对话框选择"调试"（Debug）选项卡，如图 1-24 所示。

调试设置窗口提供软件仿真设置和硬件仿真设置。两者的设置基本一样，只是硬件仿真设置增加了仿真器参数设置。

● 仿真模式选择。软件仿真是使用计算机来模拟程序的运行，用户不需要建立硬件平台就可以快速地得到某些运行结果。但是在仿真某些必须依赖于硬件平台的程序时，软件仿真就无法实现。硬件仿真必须建立在相应的硬件平台上，通过 PC 硬件仿真器及用户目标平台的连接进行系统调试。

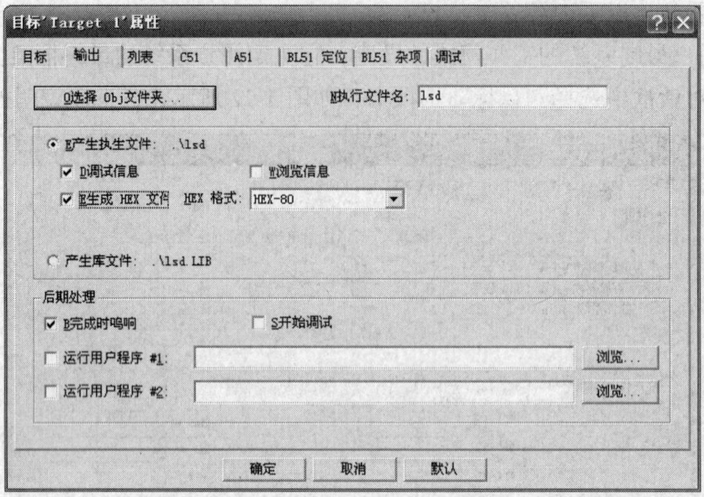

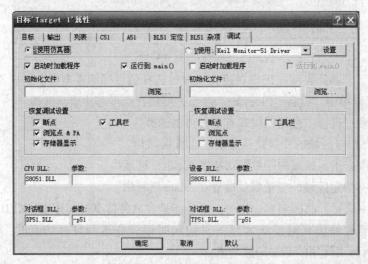

图 1-23 选择"输出"选项卡

图 1-24 选择"调试"选项卡

● 启动选择。启动设置如下。

启动时加载程序：进入仿真后将用户程序代码下载到仿真器。

运行到 main()：使用 C 语言进行程序设计时，下载完代码则直接跳到 main 函数位置。

● 仿真器设置。单击"Settings"按钮后将出现"仿真器设置"对话框，进入仿真器参数设置，如图 1-25 所示。不同的仿真器型号可能配置的窗体有所不同，详细资料参考相应的使用手册。

各部分说明如下。

"Com Port Settings"（串口设置）区域。

"Port"接口下拉菜单：选择硬件仿真器使用的串口号。

"Baundrate"下拉菜单：串口通信使用的波特率选择。

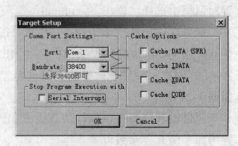

图 1-25 仿真器设置

"Cash Options"缓存设置区域。

使用存储器缓冲区域,这样在一般的操作中,仿真软件不用频繁地读取仿真器中的内容,而是使用缓冲区域的内容。使用缓冲可以大大加快仿真速度,建议开发人员将该区域选项全部选中。

(6)工程的编译/连接。程序编写完后,必须经过编译和连接才能够进行软件或硬件仿真。在程序的编译/连接中如果用户程序出现错误,还需要修正错误并重新编译/连接。

编译/连接工程如图 1-26 所示。

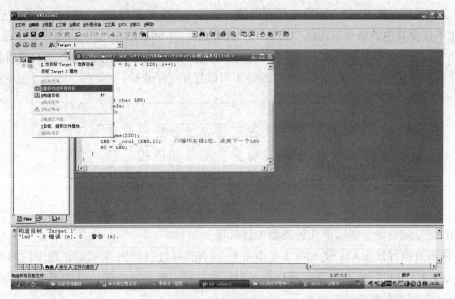

图 1-26　编译/连接工程

右键单击目标(Target),在弹出的快捷菜单中选择"构造目标"选项,则可以编译工程。编译出错会在输出窗口有相应的提示,开发人员可能根据提示修改错误后重新编译。

(7)程序运行。KEIL 环境下,程序的运行如图 1-27 所示,左键单击菜单调试下的"开始/停止调试",进入仿真状态。然后有如下几种运行方式。

图 1-27　程序运行

① 单步跟踪（Step Into）。在 C 语言环境调试下，最小的运行单位是一条 C 语言语句。单步跟踪每次最小要运行一条 C 语言语句。可以使用快捷键 F11 来启动单步跟踪，也可以选择命令实现。

② 单步运行（Step Over）。使用快捷键 F10 来启动单步运行，它的功能是完成当前语句的所有操作，包含完成一个函数的操作等。

③ 运行到光标处（Run Till Cursor）。程序装载后，左键单击选中要运行到的程序行的位置，然后单击右键，选择 "Run Till Cursor" 选项，则程序一直运行到选中行再停下来。

④ 全速运行。按 F5 键，可以实现程序的全速运行，全速运行期间，KEIL 不允许查看任何资源，也不接受其他的命令。选择 "调试" | "终业运行"（Stop Running）命令将终止程序运行。

（8）空间资源的查看和修改。标准 80C51 系列单片机的所有有效空间资源都可以查看和修改，具体操作是选择 "视图" | "存储器窗口" 命令，可以打开 "存储器" 对话框，如图 1-28 所示。

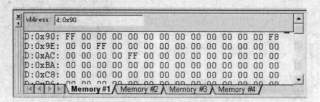

图 1-28 "存储器" 对话框

KEIL 把空间资源分成以下几种类型加以管理。

① 内部直接寻址 RAM 或 SFR（类型 d）。可直接寻址空间为 0～0x7F 范围内的 RAM 和 0x80～0xFF 的 SFR 特殊功能寄存器，在 KEIL 中把它们组合成空间连续的可直接寻址的 data 空间。data 空间查看和修改方法如下：

在 "存储器" 对话框中的 "Address"（地址）文本框中输入 "d：具体查看地址"，则存储器显示用户指定要查看地址空间的内容。如需要修改某个地址的内容，则可将鼠标指针移动到该地址内容上，右键单击，从弹出的快捷菜单中选择 "Modify Memory at …"（修改地址为）命令，则会弹出修改窗口，用户可以做相应修改。

② 内部间接寻址 RAM（类型 i）。在标准 80C51 中，可间接寻址空间为 0～0xFF 范围内的 RAM，其查看方法是，在 "Address" 文本框中输入 "i：具体查看地址"。

③ 外部空间地址（类型 x）。在标准 80C51 中，外部可间接寻址 64K 地址范围的数据，其查看方法是，在 "Address" 文本框中输入 "x：具体查看地址"。

④ 程序空间（类型 c）。在标准 80C51 中，程序空间有 64K 的地址范围，其查看方法是，在 "Address" 文本框中输入 "c：具体查看地址"。

（9）变量的查看。对于程序中定义的变量，如果需要查看它们在程序运行过程中的值，最简单的方法是使用 Watch windows，选择 "视图" | "监视&调用 堆栈窗" 命令，弹出 "观察" 窗口，如图 1-29 所示。

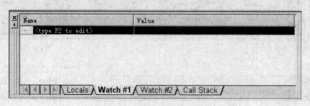

图 1-29 "观察" 窗口

其中，"Name"栏用于输入需要查看的变量的名称，"Value"栏显示该变量的值。

（六）PROTEUS 仿真软件的使用

1. PROTEUS ISIS 简介

PROTEUS ISIS 是英国 Labcenter 公司开发的电路设计、分析与仿真软件，功能极其强大。该软件的主要特点如下。

① 集原理图设计、仿真分析（ISIS）和印制电路板设计（ARES）于一身。可以完成从绘制原理图、仿真分析到生成印制电路板图的整个硬件开发过程。

② 提供几千种电子元件（分立元件和集成电路、模拟和数字电路）的电路符号、仿真模型和外形封装。

③ 支持大多数单片机系统以及各种外围芯片（RS232 动态仿真、I2C 调试器、SPI 调试器、键盘和 LCD 等）的仿真。

④ 提供各种虚拟仪器，如各种测量仪表、示波器、逻辑分析仪、信号发生器等。过去需要昂贵的电子仪器设备、繁多的电子元件才能完成的电子电路、单片机等实验，现在只要一台电脑，都可在该软件环境下快速轻松地实现。

PROTEUS ISIS 的界面如图 1-30 所示。

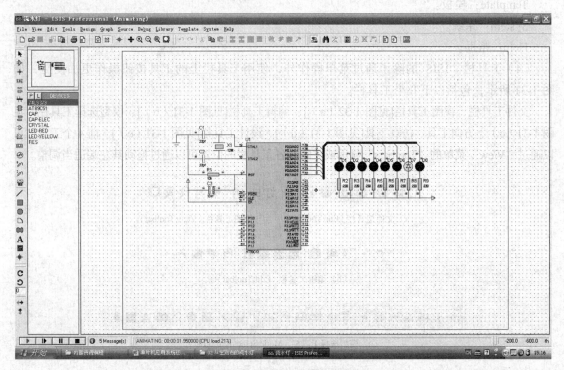

图 1-30　Proteus ISIS 的界面

2. PROTEUS 软件功能环境

（1）预览窗口（The Overview Window）。它具有 2 个功能：一是当在元件列表中选择一个元件时，它会显示该元件的预览图；二是当鼠标指针落在原理图编辑窗口时（即放置元件到原理图编辑窗口后或在原理图编辑窗口中左键单击后），它会显示整张原理图的缩略图，并会显示一个绿色的方框，你可用鼠标改变绿色的方框的位置，从而改变原理图的可视范围。

（2）原理图编辑窗口（The Editing Window）。用来绘制原理图。蓝色方框内为可编辑区，元件要放到它里面。注意，这个窗口是没有滚动条的，你可通过预览窗口来改变原理图的可视范围，或 Shift+鼠标指针移动到窗口边框来实现滚动。

（3）菜单栏。菜单栏界面如图 1-31 所示。

图 1-31　菜单栏

其中，File（文件操作：新建、打开、保存、打印等）。

View：查看（控制界面元素的显示、放大、缩小等）。

Edit：编辑（对象的查找、编辑、剪贴；操作的撤销恢复）。

Library：库（元件的制作和元件库的管理）。

Tools：工具（布线、电气检查、元件清单、印制电路板设计等工具）。

Design：设计（设计图纸的标题和说明；父子电路的切换等）。

Graph：图表。

Source：源程序。

Debug：调试。

Template：模板。

System：系统。

Help：帮助。

（4）工具栏。ISIS 的除了通过菜单操作外，使用工具栏上的工具按钮操作更加便捷，如图 1-31 所示，包括以下几个工具栏。

文件工具栏、视图工具栏[见图 1-32（a）]、编辑工具栏[见图 1-31（b）]、模型选择工具栏［见图 1-31（c）]、方向工具、仿真工具[见图 1-31（d）]、设计工具栏[见图 1-31（e）]。前 4 个工具栏可以通过"View"菜单的"Toolbars"显示或关闭。各工具栏的位置可以通过拖动其左端适当调整。

（a）文件工具栏（File Toolbar）　　视图工具栏（View Toolbar）

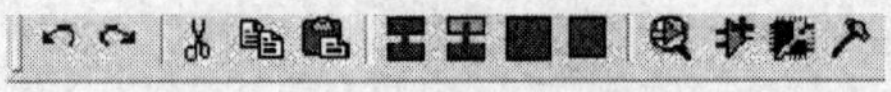

（b）编辑工具栏（Edit Toolbar）

（c）模型选择工具栏（Mode Selector Toolbar）

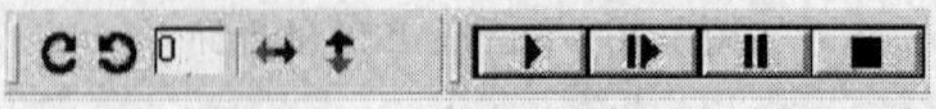

（d）方向工具（Orientation Toolbar）仿真工具（Simulate Toolbar）

（e）设计工具栏（Design Toolbar）

图 1-32　工具栏

3. PROTEUS 仿真实例

（1）文件操作。

① 开始一个新的设计（Starting a New Design）。启动 ISIS 或在 ISIS 中执行命令"新建"（NewDesign）将出现一张空的 A4 纸。新设计的缺省名字为 UNTITLED.DSN（设计文件扩展名为 DSN）。

② 加载一个现有的设计（Load Design）。在 ISIS 中执行命令"加载"（Load Design）将出现对话框，选择设计文件所在的路径后双击设计文件即可加载该设计到编辑窗口。PROTEUS 在其安装目录下的"Samples"文件夹下提供了大量设计范例，供学习参考。

③ 保存设计（Saving the Design）。"保存"（Save Design）命令保存文件，在保存对话框中选择保存路径和文件名（建议保存在自己文件夹中，并按设计内容取名保存以便以后查阅，如这里可保存为 D:\流水灯.DSN）。若原先已保存过，原先的旧文件就会在名字前加了前缀"Backup of"（备份）。也可以用"另存为"（Save as）命令把设计保存到另一个文件中。

（2）在原理图中放置和编辑对象（Object Placement & Edit）。绘制原理图要在原理图编辑窗口中的蓝色方框内完成。操作方法和步骤如下。

① 根据对象的类别在绘图模型选择工具栏选择相应的图标。某些对象（如 2D 图形等）可以在选择工具后直接在编辑区左键单击放置。而对于元件等对象，则需要先从器件库将其添加到对象选择器中（左键单击对象选择按钮"P"，从器件库中按名称或分类筛选出对象后双击使其置入对象选择器），然后从对象选择器中选定，并在编辑区左键单击，即可放入该器件。有些对象（如晶体管）由于品种繁多，还需要进一步选择子类别后才能显示出来供选择。

下面以添加单片机 AT89C51 为例来说明如何将所需的元器件添加到编辑窗口的。

方法 1：如果知道器件的名称或名称中的一部分，可以在左上角的关键字搜索栏"Keywords"（关键字）中输入，如输入 AT89C51 或 89C51，即可在 Results 栏中筛选出该名称或包含该名称的器件，左键双击"Results"栏中的名称"AT89C51"即可将其添加到对象选择器。

方法 2：如果不知道器件的名称，可逐步分类检索。在"Category（器件种类）"下面，找到该器件所在的类别，如对于单片机，应左键单击选择"Micoprocessor IC"类别，在对话框的右侧"Results"栏中，会发现这里有大量常见的各种型号的单片机。如果器件太多，可进一步在下方"Subcategory"（子类）找到该单片机所在的子系列（如 8051 Family），然后在"Results"栏中双击所需要的器件将其添加到对象选择器，如"AT89C51"（注：右边的预览窗口可显示其电路符号和封装），如图 1-33 所示。

② 将元件从对象选择器放入原理图编辑区。在对象选择器中有了 AT89C51 这个元件后，左键单击这个元件，然后把鼠标指针移到右边的原理图编辑区的适当位置，左键单击，就把 AT89C51 放到了原理图编辑区。在对象选择器中选定对象后，其放置方向将会在预览窗口显示出来，可以通过方向工具栏中的方向按钮进行方向调整。如果需要连续放置相同的对象，可在编辑区中连续左键单击。

③ 编辑对象。

● 选中对象（Tagging an Object）。对编辑区中的对象进行各种操作均需要先选中该对象。左键单击可以选中单一对象。依次左键单击每个对象或通过左键拖出一个选择框将所需要的对象框选进来，可以选中一组对象。对象被选中后改变颜色。在空白处单击右键可以取消所有对象的选择。

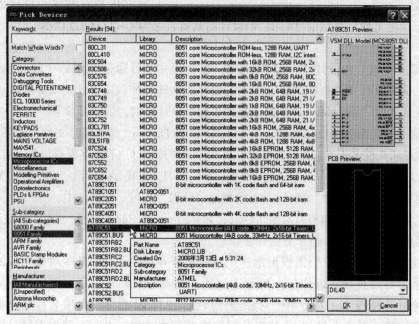

图 1-33 添加 AT89S51 芯片

● 删除对象。左键单击单一对象或框选以选定对象或对象组。对单一对象，再次右键单击可以删除被选中的对象，同时删除该对象的所有连线。对于对象组，单击编辑工具栏中的"块删除"按钮或按下"删除"键可删除所有被选中的对象。

● 拖动对象。左键单击或框选以选定对象或对象组。对单一对象，可用左键拖动该对象[如果线路自动路径器（Wire Auto Router）功能被使能的话，被拖动对象上所有的连线将会重新排布]。对于对象组，左键单击编辑工具栏中的"块移动"按钮，再移动鼠标指针可移动一组对象。

● 旋转对象的方向。左键单击或框选以选定对象或对象组。左键单击编辑工具栏中的"快旋转"按钮，输入旋转角度。也可用方向工具栏中的工具改变方向。

● 复制对象。左键单击或框选以选定对象或对象组。单击编辑工具栏中的块复制按钮。把拷贝的轮廓拖到需要的位置，单击左键放置拷贝。在编辑区空白处单击右键结束。

● 设置对象的属性。选中对象。左键单击对象，打开属性编辑对话框。在其中输入必要的属性。

（3）连线（Wiring up）。在 2 个对象（器件引脚或导线）间连线（To Connect a Wire Between Two Objects），需要说明如下。

① 连接电路不需要选择工具，直接用左键单击第一个对象连接点后再左键单击另一个连接点，则自动连线。

② 如果想自己决定走线路径，只需在想要拐点处单击左键即可。

③ 为了避免导线太长太多影响图纸布线的美观，对于较长的导线，可以分别在需要连接的引脚开始绘制一条短导线，在短导线末端左键双击以放置一个结点，然后在导线上

放置一个标签（Label），凡是标签相同的点都相当于之间建立了电气连接而不必在图上绘出连线。

④ 在连线过程的任何一个阶段，你都可以按 ESC 键来放弃连线。

⑤ 连线与 2D 图形工具中的绘制直线不同，前者具有导线性质，后者不具备导线性质。

（4）操作实例。以流水灯为例，介绍一下具体操作步骤。

① 添加元件到元件列表中。本例要用到的器件有元件中的单片机芯片 AT89C51、发光二极管（LED）、电阻、电容、晶振、地线（GROUND）。

在模型选择工具栏中选元件 →|（默认），单击"P"按钮，出现挑选元件窗口，通过上面介绍的 2 种方法之一[关键字（Keywords）筛选或分类筛选]，筛选出所需的单片机芯片，左键双击将其放入元件列表；同样的方法放入电阻，从光电器件（Optoelectrics）中挑选出不同颜色的发光二极管。

② 将元件放入原理图编辑窗口。在元件列表中左键单击选取 AT89C51，在原理图编辑窗口中单击左键，这样 AT89C51 就被放到原理图编辑窗口中了。同样方法放置其他各元件。如果元件的方向不对，可以在放置以前用方向工具转动或翻转后再放入；如果已放入图纸，可以选定后，再用方向工具或块旋转工具转动。

左键单击选择"模型选择"工具栏中的终端接口图标 ▤，从模型中挑选出地线和电源（POWER），并在原理图编辑窗口中左键单击放置到原理图编辑窗口中。

③ 连线。按图 1-30 所示绘制电路连线。

④ 仿真。对于纯硬件电路可以直接通过仿真按钮进行仿真。而单片机需要下载程序后才能运行，所以要将事先准备好的仿真程序调试文件或目标文件下载到单片机芯片中。本例用的是 lsd.hex。

左键双击 AT89C51，出现"Edit Componet"对话框，在"Program File"中单击 🗐，出现文件浏览对话框，找到 lsd.hex 文件，左键单击"确定"即将仿真程序装入单片机，左键单击"OK"退出。然后单击 ▮ ▶ ▮ 开始仿真，此时可以看到程序的运行结果。左键单击 ▰▱▰▱ 分别可以暂停/终止仿真的运行。该电路如果装入其他的程序，就可以实现其他的功能。可以编制不同的程序来实现不同的功能。

说明　　　仿真时，元件引脚上的红色代表高电平，蓝色代表低电平，灰色代表悬空。

三、任务实施

（一）准备器件、工具

（1）所需工具。

① PC、KEIL 软件、PROTEUS 软件。

② 编程器及其软件。

③ 电烙铁（25～40W）、镊子、焊锡、松香（或焊锡膏）等。

（2）所需器件见表 1-4。

表 1-4 所需器件表

器 件 名 称	型 号	数 量	器 件 名 称	型 号	数 量
IC 插座	DIP40	1	万用板		1
单片机	AT89S51	1	晶振	12MHz	1
时钟电容	22pF	2	复位电容	10μF	1
复位电阻	10kΩ	1	复位按键		1
导线		若干			
发光二极管		8	提升电阻	500Ω 电阻	1

（二）实施步骤

（1）KEIL 调试。按二、"相关知识（五）"中的步骤编程并生成.HEX 文件。

（2）PROTEUS 仿真。按二、相关知识（六）中的步骤使用 PROTEUS 软件绘制硬件电路，将生成的.HEX 文件加载到硬件仿真电路中调试。

（3）焊接电路。

① 在万用板上从大到小布置 IC 插座、4 位 LED、晶振、三极管、电容、电阻等各个器件。晶振电路布置时尽可能靠近单片机芯片，以减小电路板分布电容，使晶振频率更加稳定。

② 依照图 1-30 所示将各个连线焊接好。焊接时引脚不宜过高。

③ 将电池盒固定在万用板的背面，并焊接电源线和地线。

（4）烧录芯片。通过编程器及其编程软件，将.HEX 文件烧录到 51 芯片的程序存储器中。

（5）试验。将 51 芯片插到 IC 插座上，接通电源，即可观察到流水灯的效果。

四、任务小结

通过流水灯的制作过程，让读者对单片机、单片机应用系统的概念有了初步了解和直观认识，了解单片机应用系统的开发过程。

单片机应用系统的开发过程如下。

设计电路图→程序设计→软件仿真调试→制作电路板→软硬联调→程序烧录→产品测试其中，软硬联调是单片机应用系统开发过程的重要阶段，由于单片机硬件和软件的支持能力有限，一般自身无调试能力，因此必须配备一定的开发工具，借助于开发工具来排除应用系统样机中的硬件故障和程序错误，最后生成目标程序。

习题

一、单项选择题

（1）Intel8051 单片机的 CPU 是_____位的。

  A. 16　　　　　B. 4　　　　　C. 8　　　　　D. 准 16 位

（2）单片机的 ALE 引脚是以晶振振荡频率的_____固定频率输出正脉冲，因此它可以作为外部时钟或外部定时脉冲使用。

  A. 1/2　　　　　B. 1/4　　　　　C. 1/6　　　　　D. 1/12

二、填空题

（1）单片机应用系统是由_____和_____组成的。

（2）除了单片机和电源外，单片机最小系统包括_____电路和_____电路。

（3）在进行单片机应用系统设计时，除了电源和地线引脚外，_____、_____、_____、_____引脚信号必须连接相应电路。

（4）MCS-51 系列单片机的 XTAL1 和 XTAL2 的引脚是_____引脚。

（5）当振荡脉冲频率为 12MHz 时，一个机器周期为_____；当振荡脉冲频率为 6MHz 时，一个机器周期为_____。

（6）MCS-51 系列单片机的复位电路有 2 种，即_____和_____。

（7）输入单片机的复位信号需延续_____个机器周期以上的_____电平时即为有效，用以完成单片机的复位初始化操作。

三、回答题

（1）什么是单片机？它由哪几部分组成？什么是单片机应用系统？

（2）画出 MCS-51 系列单片机时钟电路，并指出石英晶体和电容的取值范围。

（3）什么是机器周期？机器周期和晶振频率有何关系？当晶振频率为 6MHz 时，机器周期是多少？

（4）MCS-51 系列单片机常用的复位方法有几种？画电路图并说明其工作原理。

模块二
单片机内部资源的应用实践

任务一　模拟交通灯的制作

【能力目标】

- 掌握模拟交通灯的程序调试和印制电路板的制作

【知识目标】

- 了解单片机的内部结构
- 理解单片机的存储器结构
- 掌握单片机的并行 I/O 接口
- 掌握 C51 语言的数据类型、常量和变量、运算符及表达式
- 掌握 C51 语言的基本语句，会编写简单程序

一、任务导入

本项目从制作模拟交通灯入手，让读者进一步对单片机基本开发过程加深认识，理解单片机存储器结构和并行 I/O 接口，初步掌握 C51 语言编写简单程序。

电路实物，如图 2-1 所示，用红、黄、绿共 12 只发光二极管模拟简单的交通灯信号。

二、知识链接

（一）单片机的内部结构

1．组成

51 单片机的基本组成如图 2-2 所示。从结

图 2-1　模拟交通灯实物

构框图中可以看到，在该芯片上集成了一个微型计算机，它包括以下几个部分。

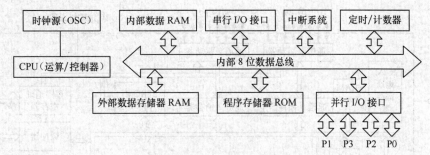

图 2-2   AT89S51 单片机的基本组成

（1）CPU 系统。1 个 8 位微处理器 CPU、内部时钟电路、总线控制逻辑。

（2）内部存储器。

① 4KB 的片内程序存储器（ROM/EPROM/Flash）。

② 128B 数据存储器（RAM）和 128B 特殊功能寄存器 SFR（AT89S51 只用到其中 21B）。

（3）I/O 接口及中断、定时部件

① 4 个 8 位可编程并行 I/O 接口。

② 5 个中断源的中断控制系统，可编程为 2 个优先级。

③ 2 个 16 位定时/计数器，既可以进行定时，又可以对外部事件进行计数。

④ 1 个全双工的串行 I/O 接口，用于数据的串行通信。

所有这些组件都通过单片机内部的数据总线相连接。

2．内部结构

内部结构可以划分为 CPU、存储器、I/O 接口、定时与中断系统 4 部分，如图 2-3 所示。

（1）CPU。

① 运算器。CPU（Central Processing Unit，中央处理器）是 AT89S51 内部的 1 个字长为 8 位的中央处理单元，它由运算器、控制器 2 部分组成。实际上 CPU 构成了单片机的核心。

运算器以 ALU（Arithmetic Logic Unit，算术逻辑单元）为核心，还包括累加器 ACC（ACC-Accumulator）、PSW（Program Status Word，程序状态字寄存器）、B 寄存器、2 个 8 位暂存器 TMP1 和 TMP2 等部件。其中，ALU 的运算功能很强，可以运行加、减、乘、除、加 1、减 1、BCD 数十进制调整、比较等算术运算，也可以进行与、或、非、异或等逻辑运算，同时还能完成循环移位、判断和程序转移等控制功能。

2 个 8 位暂存器（TMP1 和 TMP2）不对用户开放，但可以用来为加法器、逻辑处理器暂存 2 个 8 位二进制数。在进行数据运算时，2 个参与运算的数据分别通过 TMP1 和 TMP2 同时进入 ALU 进行运算，运算的结果一般再返回给累加器 ACC。

② 控制器。控制器包括 PC（Program Counter，程序计数器）、指令寄存器、指令译码器、振荡器、定时电路及控制电路等部件，它能根据不同的指令产生相应的操作时序和控制信号，控制单片机各个部件的运行。

单片机执行哪条指令受 PC 控制。PC 是一个 16 位计数器，具有自动加 1 功能。CPU 每读取 1B（1 个字节），的指令，则 PC 自动加 1，指向要执行的下一条指令的地址。PC 的最大寻址范围为 64KB，可以通过控制转移指令来改变 PC 值，实现程序的转移。

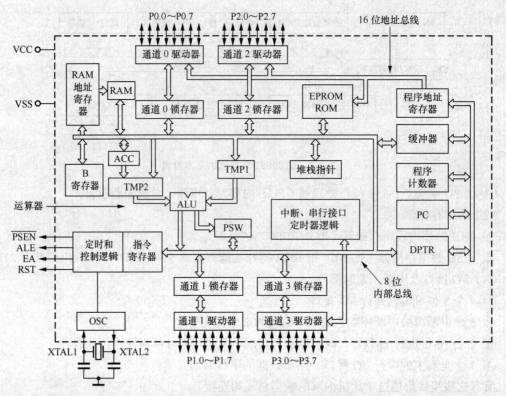

图 2-3　AT89S51 单片机的内部结构

（2）存储器。51 系列单片机内的 ROM 是程序存储器，用于存放已编好的用户程序、数据表格等；片内的 RAM 又称读/写存储器，可用于存放输入数据、输出数据和中间计算结果等随时有可能变动的数据，同时还作为数据堆栈区。当存储器的容量不够时，可以进行外部扩展。

（3）I/O 接口。

①　并行接口。51 单片机有 4 个 8 位并行 I/O 接口 P0～P3，均可并行输入/输出 8 位数据。

②　串行接口。51 单片机有 1 个串行 I/O 接口，用数据的串行输入/输出。

（4）定时/计数器。定时/计数器可以产生定时脉冲，实现单片机的定时控制；或用于记数方式，记录外部事件的脉冲个数。

（二）单片机的存储器结构

51 系列单片机有 2 个存储器：程序器（ROM）和数据存储器（RAM），其内部采用程序储器与数据存储器各自独立编址的结构形式。在物理结构上共有 4 个存储空间：片内程序存储器、片外程序存储器、片内数据存储器、片外数据存储器。从用户使用角度来看，它可以分为 3 个存储空间。

①　片内、片外统一连续编址的 0000H～0FFFFH 共 64KB 程序存储器空间。

②　地址 0000H～0FFFFH 的片外数据存储器空间。

③　地址 00H～0FFH 的 256 字节片内数据存储器空间，其中有前 128 字节能供用户作为存

储器使用。

存储器结构如图 2-4 所示。

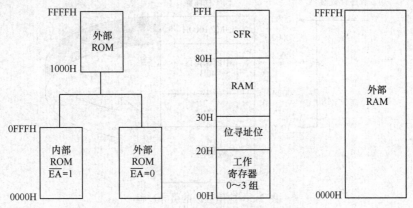

图 2-4　AT89S51 单片机的存储器结构

1. 程序存储器 ROM

程序存储器的结构如图 2-4 所示，包括片内程序存储器和片外程序存储器。主要用来存放编写好的用户程序和表格常数，它以 16 位程序设计数器 PC 作为地址指针，能寻址 64KB。

（1）$\overline{EA}$ 引脚的连接。从图 2-4 所示可以看出，片内、片外的地址空间在 0000H～0FFFH 有重叠，单片机究竟访问片内还是片外存储器与 $\overline{EA}$ 引脚的信号电平有关。

$\overline{EA}$ 接高电平（即 $\overline{EA}$=1）且 PC 输出值在 0000H～0FFFH 范围内时，CPU 访问时。CPU 访问片内程序存储器，当 PC 输出值超过 0FFFH 时，CPU 自动转去访问片外程序存储器。

$\overline{EA}$ 接低电平（即 $\overline{EA}$=0）时，片内程序存储器不起作用。此时不论 PC 输出何值，CPU 总是访问片外程序存储器。当片外程序存储器扩展为 64KB 时，其地址范围为 0000H～0FFFFH。

（2）部分关键的程序存储单元。在程序存储器中，某些单元保留给系统使用，见表 2-1。

表 2-1　　　　　　　　　　　程序存储器中保留的存储单元

存储器单元	保留单元的作用
0000H～0002H	复位后初始化引导程序入口
0003H～000AH	外部中断 0 入口
000BH～0012H	定时器 T0 溢出中断入口
0013H～001AH	外部中断 1 入口
001BH～0022H	定时器 T1 溢出中断入口
0023H～002AH	串行接口中断入口
002BH	定时器 T2 溢出中断入口

存储单元 0000H～0002H 用做单片机上电复位后引导程序的存放单元。因为上电复位后程序计数器 PC 的内容为 0000H，所以单片机总是从 0000H 单元开始执行。如果在这个 3 个单元中存放一条转移命令（如 LJMP 1000H），单片机就会转移到 1000H 单元，开始执行应用程序的

引导过程如图 2-5 所示。

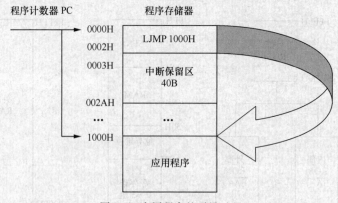

图 2-5   应用程序的引导过程

0003H～002AH 单元被均匀地分成 5 段，用做 5 个中断服务程序入口；只有增强型单片机才占用 002BH 单元作为定时器 T2 溢出中断的入口地址。

2. 数据存储器 RAM

数据存储器主要用于存放运算的中间结果和数据等，它可以分为片内数据存储器和片外数据存储器 2 部分。

（1）片外数据存储器。片外数据存储器可以扩展到 64KB，对应地址范围为 0000H～0FFFH。

（2）片内数据存储器。片内数据存储器共有 256 字节，在功能上分为 2 部分：低 128 字节（地址为 00H～7FH）是真正的数据存储区；高 128 字节（地址 80H～0FFH）用于特殊功能寄存器。

显然，片内 RAM 与片外 RAM 在低地址空间（000H～00FFH）是重叠的。为了指示机器究竟到片内 RAM 寻址还是到片外 RAM 寻址，单片机器件的设计者为用户提供了两类不同的传送指令：MOV 指令用于片内 00H～0FFH 范围内的寻址，MOVX 指令用于片外 0000H～0FFFFH 范围内的寻址。

低 128B 的数据存储空间在结构上又分为工作寄存器区，位寻址区和用户区，功能分区见表 2-2。

表 2-2 　数据存储空间的功能分区

0FFH～80H	特殊功能寄存器区							部 分 寻 址
7FH～30FH	用 户 区							
2FH	7FH	7EH	7DH	7CH	7BH	7AH	79H	78H	
2EH	77H	76H	75H	74H	73H	72H	71H	70H	
2DH	6FH	6EH	6DH	6CH	6BH	6AH	69H	68H	
2CH	67H	66H	65H	64H	63H	62H	61H	60H	
2BH	5FH	5EH	5DH	5CH	5BH	5AH	59H	58H	位寻址区
2AH	57H	56H	55H	54H	53H	52H	51H	50H	
29H	4FH	4EH	4DH	4CH	4BH	4AH	49H	48H	
28H	47H	46H	45H	44H	43H	42H	41H	40H	

续表

0FFH~80H	特殊功能寄存器区								部 分 寻 址
27H	3FH	3EH	3DH	3CH	3BH	3AH	39H	38H	
26H	37H	36H	35H	34H	33H	32H	31H	30H	
25H	2FH	2EH	2DH	2CH	2BH	2AH	29H	28H	
24H	27H	26H	25H	24H	23H	22H	21H	20H	位寻址区
23H	1FH	1EH	1DH	1CH	1BH	1AH	19H	18H	
22H	17H	16H	15H	14H	13H	12H	11H	10H	
21H	0FDH	0EH	0DH	0CH	0BH	0AH	09H	08H	
20H	07H	06H	05H	04H	03H	02H	01H	00H	
1FH~18H	工作寄存器 3 区								
17H~10H	工作寄存器 2 区								工作寄存器区
0FH~08H	工作寄存器 1 区								
07H~00H	工作寄存器 0 区								

① 工作寄存器区（00H～1FH）。此空间被均匀分成 4 段（即 4 个工作寄存器数组），每段 8 个单元，组成 8 个工作寄存器，分别被记做 R0～R7。在使用这些工作寄存器之前，可以通过对程序状态字 PSW 的 RS1、RS0 位置 1 或 0 来确定选用哪组工作寄存器，否则默认使用 0 区。在程序运行时，只能有一个工作寄存器组作为当前工作寄存数组。

② 位寻址区（20H～2FH）。CPU 不仅可以对这些单元进行字节（8 位二进制数）操作，而且可以对这 16 个单元中的 128 个二进制位直接进行位操作。这 128 个位地址的编址规律是，从 20H 是第 0 位至 2FH 的第 7 位的地址依次规定为 00H～7FH。位寻址使得 AT89S51 的操作功能更加丰富。

在位寻址区中，字节地址和位寻址是重合的，这时可以根据指令的类型来加以区分。假如对字节地址 20H 单元清 0，要用字节操作指令"MOV 20H, #00H"；而对位寻址 20H 清 0，则使用位操作指令"CLR 20H"。

③ 用户区（30H～7FH）。该区域主要用做堆栈、数据缓冲，数据暂存。用户一般应将应该堆栈设置在这个区间内。

3．特殊功能寄存器

SFR（Special Function Register, 特殊功能寄存器）是 89S51 内部具有特殊用途的寄存器（如专用寄存器、并行接口锁存器、串行接口、定时/计数器等）的集合。51 单片机内部共有 21 个特殊功能寄存器，每个 SFR 占用 1 个 RAM 单元，它们分布在 80H～0FFH 的地址范围内。程序计数器 PC 不属于 SFR，它是独立的。在 21 个 SFR 中，有 11 个 SFR 既可以进行位寻址，又可以进行字节寻址。它们的特征是字节地址可以被 8 整除（以 0H 或 8H 结尾），如 P1、IP。表 2-3 列出了 SFR 区的标识符，名称和字节地址。

表 2-3 　　　　　　　　　　AT89S51 特殊功能寄存器（SFR）

标识符	名　　称	位地址和位符号								字节地址
P0	P0 口寄存器	87H	86H	85H	84H	83H	82H	81H	80H	80H
		P0.7	P0.6	P0.5	P0.4	P0.3	P0.2	P0.1	P0.0	
SP	堆栈指针									81H
DPL	数据指针低 8 位									82H
DPH	数据指针高 8 位									83H

续表

标识符	名 称	位地址和位符号								字节地址
PCON	电源控制寄存器	SMOD	×	×	×	GF1	GF0	PD	IDL	87H
TCON	定时/计数器控制寄存器	8FH	8EH	8DH	8CH	8BH	8AH	89H	88H	88H
		TF1	TR1	TF0	TR0	IE1	IT1	IE0	IT0	
TMOD	定时/计数器方式寄存器	GATE	C/T	M1	M0	GATE	C/T	M1	M0	89H
TL0	T0 低 8 位寄存器									8AH
TL1	T1 低 8 位寄存器									8BH
TH0	T0 高 8 位寄存器									8CH
TH1	T1 高 8 位寄存器									8DH
P1	P1 口寄存器	97H	96H	95H	94H	93H	92H	91H	90H	90H
		P1.7	P1.6	P1.5	P1.4	P1.3	P1.2	P1.1	P1.0	
SCON	串行接口控制寄存器	9FH	9EH	9DH	9CH	9BH9	9AH	99H	98H	98H
		SM0	SM1	SM2	REN	TB8	RB8	T1	R1	
SBUF	串行数据缓冲器									99H
P2	P2 口寄存器	A7H	A6H	A5H	A4H	A3H	A2H	A1H	A0H	A0H
		P2.7	P2.6	P2.5	P2.4	P2.3	P2.2	P2.1	P2.0	
IE	中断允许控制寄存器	AFH	---	---	ACH	ABH	AAH	A9H	A8H	A8H
		EA	---	---	ES	ET1	EX1	ET0	EX0	
P3	P3 口寄存器	B7H	B6H	B5H	B4H	B3H	B2H	B1H	B0H	B0H
		P3.7	P3.6	P3.5	P3.4	P3.3	P3.2	P3.1	P3.0	
IP	中断优先级控制寄存器	---	---	---	BCH	BBH	BAH	B9H	B8H	B8H
		---	---	---	PS	PT1	PX1	PT0	PX0	
PSW	程序状态字寄存器	D7H	D6H	D5H	D4H	D3H	D2H	D1H	D0H	D0H
		CY	AC	F0	RS1	RS0	OV	---	P	
ACC	累加器	E7H	E6H	E5H	E4H	E3H	E2H	E1H	E0H	E0H
		ACC.7	ACC.6	ACC.5	ACC.4	ACC.3	ACC.2	ACC.1	ACC.0	
B	B 寄存器	F7H	F6H	F5H	F4H	F3H	F2H	F1H	F0H	F0H
		B.7	B.6	B.5	B.4	B.3	B.2	B.1	B.0	

下面介绍几个常用特殊功能寄存器的功能和用法。

（1）运算类寄存器（3 个）。

① ACC 累加器（ACC-Accumulator）。8 位，用来向 ALU 提供操作数，许多运算的结果也存放在累加器中。

② B 寄存器。8 位，主要用于乘法和除法运算，也可以作为 RAM 的一个单元使用。

③ 程序状态字（Program Status Word）寄存器 PSW。8 位，用于存储器指令执行的状态信息。用户可以通过指令来设置 PSW 中某些指定的状态，也可以通过查询相关位的状态来进行判断和转移，其格式和各位含义见表 2-4。

表 2-4 程序状态字寄存器 PSW 的格式和各位含义

PSW	D7	D6	D5	D4	D3	D2	D1	D0
	CY	AC	F0	RS1	RS0	OV	---	P

CY：进位/错位标志。有进位/错位时，$CY=1$，否则 $CY=0$。

AC：辅助进位/借位标志。低 4 位向高 4 位有进位/借位时，$AC=1$，否则 $AC=0$

F0：用户标志位，由用户自己定义。

RS1、RS0：当前工作寄存器组的选择位，根据 RSI、RSO 取值不同，可选择不同的寄存器组，用法见表 2-5。

表 2-5   RS1、RS0 的用法

RS1	RS0	寄 存 器 区	地 址
0	0	0	00H～07H
0	1	1	08H～0FH
1	0	2	10H～17H
1	1	3	18H～1FH

OV：溢出标志位。有溢出时，$OV=1$，否则 $OV=0$。

P：奇偶标志位。ACC 中的结果有奇数个 1 时，$P=1$，否则 $P=0$。

（2）指针类寄存器（3 个）。

① 堆栈指针 SP。8 位，用来指示堆栈的位置，它总是指向栈顶。

堆栈是用户在单片机内部数据存储器中开辟的一个用于暂时存放部分数据的"仓库"。它由若干个存储单元组成，存储单元的个数称为堆栈的深度（可理解为仓库的容量）。堆栈中的数据的存取遵照"先进后出"的原则。这有点类似与冲锋枪的子弹夹，先要把子弹一粒一粒地压进去（存储），射击时，最先压入的子弹最后射出。

堆栈的位置由堆栈指针 SP 确定，可以通过软件来设置，如"MOV SP，#58H"是把堆栈指针设在 58H 单元（该单元称为栈底），真正的堆栈是从 59H 为起始地址的位置开始向上生长的，存放最后一个进入堆栈的数据的单元称为栈底）。如图 2-6 所示，该堆栈的深度为 5。

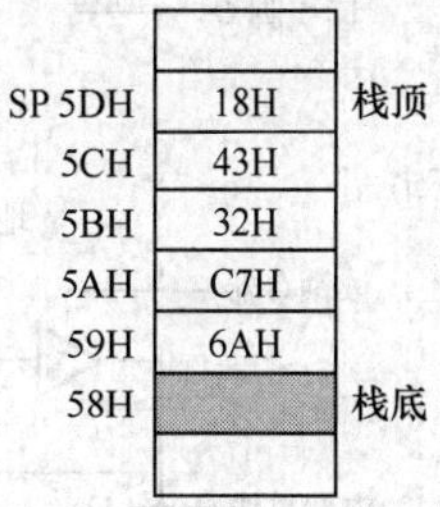

单片机复位后，堆栈指针 SP 指向 07H。为了确保数据存储的正确，用户应把堆栈设在 30H～7FH 的区域。

图 2-6   堆栈示意图

② 数据指针 DPTR（它可分为 DPH 和 DPL 2 个 8 位寄存器）。16 位，它是 51 单片机内部唯一一个供用户使用的 16 位寄存器。DPTR 使用灵活，既可用做 16 位寄存器，对外部数据存储空间的 64KB 范围进行访问，也可拆分成 2 个 8 位寄存器 DPH 和 DPL 使用。

（3）接口类寄存器（7 个）。

① 并行 I/O 接口 P0、P1、P2、P3。均为 8 位，通过对这 4 个寄存器的读/写操作，可实现数据从相应接口的输入/输出。

② 串行接口数据缓冲器 SBUF。

③ 串行接口控制寄存器 SCON。

④ 电源控制寄存器 PCON。

（4）中断类寄存器（2 个）。

中断允许控制寄存器 IE 和中断优先级控制寄存器 IP。

（5）定时/记数类寄存器（6 个）。

① 定时/计数器 T0。由 2 个 8 位计数初值寄存器 TH0、TL0 组成，在构成 16 位计数器时，

TH0 存放高 8 位，TL0 存放低 8 位。

② 定时/计数器 T1。由 2 个 8 位计数初值寄存器 TH1、TL1 组成，在构成 16 位计数器时，TH1 存放高 8 位，TL1 存放低 8 位。

③ 定时/计数器的工作方式寄存器 TMOD。

④ 定时/计数器的控制寄存器 TCON。

（三）单片机的并行 I/O 接口

1. 内部结构

51 系列单片机内部有 4 个 8 位并行 I/O 接口，分别用 P0、P1、P2 和 P3 表示。每个 I/O 接口既可以按位操作使用单个引脚，也可以按字节操作使用 8 个引脚，其内部结构如图 2-7 所示。

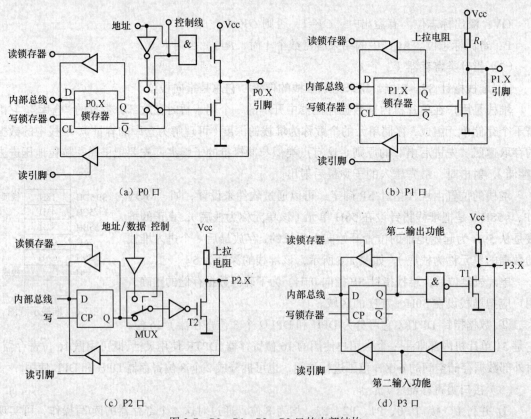

图 2-7　P0、P1、P2、P3 口的内部结构

并行 I/O 接口的其本功能就是输入、输出数据，因此，P0～P3 口的每一位均有 1 个数据锁存器、2 个三态输入缓冲器和 1 个输出驱动电路（场效应管、上拉电阻）。

数据锁存器用于存放需要输出的数据，它与接口 P0、P1、P2 和 P3 同名，并在 SFR 区内被统一编址为特殊功能寄存器 P0～P3；输入缓冲器用于对接口引脚所输入的数据进行缓冲，但不能锁存，故各引脚上输入的数据必须要保持到 CPU 把它读取后为止；输出驱动电路对接口提供必要的带负载能力，如 P0 口没有上拉电阻，必须外接上拉电阻才能有高电平输出，而 P1～P3 口无须再外接上拉电阻。

2．P0～P3 接口的功能

P0～P3 接口都是双向接口，都能用于输入或输出操作。而且对于每个接口，都可将一部分引脚定义为输入，另一部分引脚定义为输出。例如，定义 P1.0～P1.3 为输入，P1.4～P1.6 为输出，P1.7 闲置不用。

由于 P0～P3 接口的内部结构不同，所以在作为通用输入/输出接口使用时，其外部的硬件电路也不尽相同。

① P0 接口。有 2 种功能，一是作为通用 I/O 接口使用，此时必须外接上拉电阻。二是当单片机系统需要扩展片外存储器或扩展具有地址/数据线的芯片时，P0 口只能用做地址/数据线。作为地址/数据总线使用时，无须外接上拉电阻。

② P1 接口。只能作为通用 I/O 接口使用，使用时无须外接上拉电阻。

③ P2 接口。有 2 种功能。当作为通用 I/O 接口使用时，不需外接上拉电阻；当系统有外部扩展存储器或 I/O 接口时，P2 接口用做地址高 8 位信号线，此时 P2 接口只能作为地址线使用。

④ P3 口。有 2 种功能，当作为通用 I/O 接口使用时，不需外接上拉电阻；当某些接口线作为第二功能使用时，不能作通用输入/输出接口使用，其他未用的接口线仍可作为通用输入/输出接口线使用。P3 接口的第二功能见表 2-6。

表 2-6   P3 口可工作于第二功能

引　　脚	第 二 功 能	引　　脚	第 二 功 能
P3.0	RXD（串行输入）	P3.4	T0（定时/计数器 0 的外部输入）
P3.1	TXD（串行输出）	P3.5	T1（定时/计数器 1 的外部输入）
P3.2	$\overline{\text{INT0}}$（外部中断 0 输入）	P3.6	$\overline{\text{WR}}$（外部 RAM 写信号）
P3.3	$\overline{\text{INT1}}$（外部中断 1 输入）	P3.7	$\overline{\text{RD}}$（外部 RAM 读选通）

（四）C51 的数据类型、常量和变量

1．C 语言简介

C 语言是一种通用编程语言，代码效率高，可结构化编程，在代码效率和速度上，完全可以和汇编语言相比拟，应用范围广。

C51 交叉编译器提供了一种针对 MCS-51 系列微控制器用 C 语言编程的方法，可将 C 语言源程序编译生成 INTEL 格式的可再定位目标代码。

利用 C 语言编程，具有极强的可移植性和可读性，同时，它只要求程序员对单片机的存储器结构有初步了解，而对处理器的指令集不要求了解，其主要特点如下。

（1）结构化语言。C 语言由函数构成。函数包括标准函数和自定义函数，每个函数就是一个功能相对独立的模块。C 语言还提供了多种结构化的控制语句，如顺序、条件、循环结构语句，满足程序设计结构化的要求。

（2）丰富的数据类型。C 语言具有丰富的数据类型，便于实现种类复杂的数据结构，它还有与地址密切相关的指针及其运算符，直接访问内存地址，进行了位一级的操作，能实现汇编语言的大部分功能，因此 C 语言被称为"高级语言中的低级语言"。

用 C 语言对 51 系列单片机开发应用程序，只要求开发者对单片机的存储器结构有初步了

解，而不必十分熟悉处理器的指令集和运算过程，寄存器分配、存储器的寻址及数据类型等细节问题由编译器管理，不但减轻了开发者的负担，提高了效率，而且程序具有更好的可读性和可移植性。

2. C51 的数据类型

程序设计离不开对数据的处理。数据在计算机中的存放情况由数据结构决定，具有一定格式的数字或数值称为数据，C 语言的数据结构是以数据类型出现的。在 C 语言中，基本数据类型有 char、int、short、float 及 double 等。图 2-8 列出了 C 语言的数据类型。

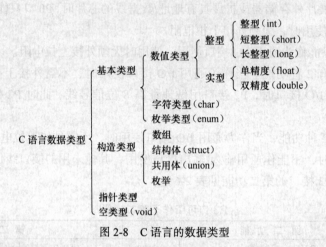

图 2-8　C 语言的数据类型

而对于 C51 编译器来说，还增加了一些数据类型，表 2-7 列出了 C51 数据类型长度、及其数学表达。

表 2-7　KEIL C51 的数据类型

类　　型		长 度 位 数	取 值 范 围
unsigned char	无符号字符型	8	0～255
（signed）char	有符号字符型	8	−128～127
unsigned int （unsigned short int）	无符号短整型	16	0～65535，KEIL C 编译器中 short int 型等同于 int 型
int（signed short int）	有符号短整型	16	−32768～32767
unsigned long	无符号长整型	32	0～4294967295
long（signed long）	有符号长整型	32	−214483648～2147483647
float	实型	32	−1.175494E−38～3.402823E+38
*	指针型		对象的地址
bit	位型	1	0 或 1
sbit	可寻址位	1	0 或 1
sfr	特殊功能寄存器	8	0～255
sfr16	16 位特殊功能寄存器	16	0～65535

3. 常量、变量及其存储区域

单片机程序中的数据有常量和变量 2 种形式，二者的区别在于，常量的值在程序执行期间是不能发生变化的，而变量的值在程序执行期间可以发生变化。

（1）常量。常量是指在程序执行期间其值固定、不能被改变的量。常量的数据类型有整型、实型、字符型、字符串型和位类型。

① 整型常量可以表示为十进制数、十六进制数或八进制数等，例如十进制数 100、-200、9 等；十六进制数以 0x 开头，如 0x224、-0x23 等；八进制数以字母 o 开头，如 o224、-o23。

② 实型常量可分为十进制表示形式和指数表示形式两种，如 12.3、123E3。

③ 字符型常量是用单引号括起来的一个字符。如'a'、'x'、'l'。

④ 字符串型常量是双引号括起来的一串字符。如"test"、"OK"。

⑤ 位类型的值是一个二进制数，如 1 或 0。

常量可以是数值型常量，也可以是符号常量。数值型常量就是常说的常数，如 0×224、12.3、'a'、"test"等，数值型常量不用说明就可以直接使用。

符号常量是指在程序中用标识符来代表的常量。符号常量在使用之前必须用编译预处理命令#define 先进行定义。

例如：

```
#define PORTA 0x7fff        //定义端口 A 的地址为 7FFF
#define PI 3.14159          //定义 PI 为数值 3.14159
```

（2）变量。变量是一种在程序执行过程中其值不断变化的量。

一个变量由变量名和变量组成，变量名是存储单元地址的符号表示，而变量的值就是该单元存放的内容。

变量必须先定义、后使用，用标识符作为变量名，并指出所用的数据类型和存储模式，这样编译系统才能为变量分配相应的存储空间。变量的定义格式如下

[存储种类] 数据类型 [存储器类型] 变量名表

其中，数据类型和变量名表是必要的，存储种类和存储器类型是可选项。

存储器类型是指定该变量在 51 硬件系统中所使用的存储区域，并在编译时准确的定位。80C51 单片机的存储器类型较多，有片内程序存储器、片外程序存储器、片内数据存储器、片外数据存储器。其中，片内数据存储器又分为低 128 字节和高 128 字节。高 128 字节只能用间址寻址方式来使用，低 128 字节的数据存储器中又有位寻址区、工作寄存器区，这与其他 CPU、MCU 等有很大的区别。为充分支持 80C51 的这些特性，C51 中引入了一些关键字，用以说明数据存储位置。表 2-8 为 KEIL C51 编译器所能识别的存储器类型。

表 2-8　　　　　　　　　　　　KEIL C51 编译器所能识别的存储器类型

存储器类型	说　明
code	程序存储器（64KB），用 MOVC　@A+DPTR 访问
data	直接访问内部数据存储器（128B），访问速度最快
idata	间接访问内部数据存储器（256B），允许访问全部内部地址
bdata	可位寻址内部数据存储器（16B），允许位与字节混合访问
pdata	分页访问外部数据存储器（256B），用 MOVX　@Ri 访问
xdata	外部数据存储器（64KB），用 MOVX　@DPTR 访问

存储种类有自动（auto）、外部（extern）、静态（static）和寄存器（register）共 4 种。系统默认的是自动变量（auto），auto 是 C 语言使用最广泛的一种类型；当在一个函数体内说明一个已在该函数体外或别的程序模块文件中定义过的外部变量时，需要使用 extern 说明符，在所有函数之前、在函数外部定义的变量可以默认有 extern 说明符。

例如：

```
data char a;                    //字符型变量 a 存储在片内数据存储区
char code MSG[]="Hello";        //字符串变量 MSG 存储在程序存储区
float idata x;                  //实型变量 x 在片内用间址访问的内部数据存储区
bit sw1;                        //位变量 sw1 存储在片内数据可位寻址存储区
unsigned int pdata sum;         //无符号整型变量存储在分页的外部数据存储区
sfr P0=0x80;                    //P0 口，地址为 80H
sbit OV=PSW^2;                  //可位寻址变量 OV 为 PSW.2，地址为 D2H
```

注意 在编程时如果不进行负数运算，应尽可能使用无符号字符变量或者位变量，可以提高程序的运算速度。

（五）C51 的运算符和表达式

C 语言的运算符范围很宽，除了控制语句和输入、输出以外，几乎所有基本操作都作为运算符处理。例如将赋值符"="作为赋值运算符，方括号作为下标运算符等。

运算符按其在表达式中所起的作用，可分为赋值运算符、算术运算符、增量与减量运算符、关系运算符、逻辑运算符、位运算符等，见表 2-9。

表 2-9　　　　　　　　　　　　C 运算符

名　　称	符　　号
算术运算符	+ - * / %
关系运算符	< > == >= <= !=
逻辑运算符	! && ||
位运算符	<< >> ~ | ^ &
赋值运算符	=及其扩展赋值运算符
条件运算符	? :
逗号运算符	,
强制类型转换运算符	（类型）
求字节数运算符	Sizeof
下标运算符	[ ]
指针运算符	* &
分量运算符	· →
其他	函数调用运算符（ ）等

在计算各种表达式的值时，C 语言规定了运算符的优先级和结合性。运算符按其在表达式中与运算对象的关系，又可分为单目运算符、双目运算符和三目运算符等。单目运算符只有 1 个运算对象，双目运算符有 2 个运算对象，三目运算符用在条件表达式中，它要求有 3 个运算

对象，见表 2-10。

表 2-10   C 语言中运算符的优先级和结合性

优 先 级	运 算 符	名称或含义	结 合 方 向	说 明
1	[]	数组下标	左到右	
	()	圆括号		
	.	成员选择（对象）		
	->	成员选择（指针）		
2	−	负号运算符	右到左	单目运算符
	（类型）	强制类型转换		
	++	自增		单目运算符
	− −	自减		单目运算符
	*	取值		单目运算符
	&	取地址		单目运算符
	!	逻辑非		单目运算符
	~	按位取反		单目运算符
	sizeof	长度运算符		
3	/	除	左到右	双目运算符
	*	乘		双目运算符
	%	余数（取模）		双目运算符
4	+	加	左到右	双目运算符
	−	减		双目运算符
5	<<	左移	左到右	双目运算符
	>>	右移		双目运算符
6	>	大于	左到右	双目运算符
	>=	大于等于		双目运算符
	<	小于		双目运算符
	<=	小于等于		双目运算符
7	==	等于	左到右	双目运算符
	!=	不等于		双目运算符
8	&	按位与	左到右	双目运算符
9	^	按位异或	左到右	双目运算符
10	|	按位或	左到右	双目运算符
11	&&	逻辑与	左到右	双目运算符
12	||	逻辑或	左到右	双目运算符
13	?:	条件运算符	右到左	三目运算符
14	=	赋值	右到左	
	/=	除后赋值		
	*=	乘后赋值		
	%=	取模后赋值		
	+=	加后赋值		
	− =	减后赋值		

优　先　级	运　算　符	名称或含义	结　合　方　向	说　　明
14	<<=	左移后赋值	右到左	
	>>=	右移后赋值		
	&=	按位与后赋值		
	^=	按位异或后赋值		
	|=	按位或后赋值		
15	,	逗号运算符	左到右	从左到右顺序运算

如下面是一个合法的 C 算术表达式

$$a*b/c-1.5+'a'$$

在表达式求值时，先按运算符的优先级别执行例如先乘除后加减。表达式 a-b*c 中，b 的左侧为减号，右侧为乘号，而乘号的优先级别高于减号，因此，相当于 a-(b*c)。如果在一个运算对象两侧运算符的优先级相同，如 a-b+c，则按规定的的"结合方向"处理。C 语言规定了各种运算符的结合方向（结合性），算术运算符的方向为"自左向右"，即先左后右；因此 b 先与减号结合，执行 a-b 的运算，再执行与 c 相加的运算。"自左向右"的结合方向又称"左结合性"，即运算对象先与左面的运算符结合。

C 语言中还有一些运算符是"右结合性"，即结合方向是"自右向左"。"结合性"的概念是 C 语言特有的。

1. 算术、关系运算符及其表达式

（1）基本算术运算符和算术表达式。

+：加法运算符或正值运算符，如 3+2，+6。

-：减法运算符或负值运算符，如 5-2，-3。

*：乘法运算符，如 5*8，a*a。

/：除法运算符，如 10/3。

%：取模运算符或求余运算符，"%"两侧均应为整型数据，如 10%3。

需要说明，2 个整数相除的结果为整数，如 10/3 的结果是 3，而不是 3.3333。如果希望得到真实的结果，就应写成 10.0/3；当然，如果这个结果赋给某一个变量，则该变量须被定义为 float 或 double 型。

用算术运算符和括号将运算对象（也称"操作数"）连接起来的、符合 C 语言语法规则的式子，称为"算术表达式"。运算对象包括常量、变量、函数等。

（2）关系运算符和关系表达式。所谓关系运算实际上是对两个值进行比较。C 语言提供了 6 种关系运算符如下。

< ：小于。

> ：大于。

== ：等于。

>= ：大于等于。

<= ：小于等于。

!= ：不等于。

用关系运算符将 2 个表达式连接起来的式子是关系表达式。

例如：a>b　　a+b>b+c　　(a=3)>=(b=5)

关系运算的结果只有 2 种可能，即"真"和"假"。在 C 语言中，如果运算结果为"真"，则用数值 1 表示；如果运算结果为"假"，则用数值 0 表示。

例如：a=4　b=3　c=1　则

　　　　b+c<a 的结果为"假"，表达式的值为 0。

　　　　a>b>c 的结果为"假"，表达式的值为 0。

　　　　(a>b)==c 的结果为"真"，表达式的值为 1。

2．逻辑运算符、位运算符及其表达式

（1）逻辑运算符及其表达式。C 语言提供了 3 种逻辑运算符如下。

　　　　&&：逻辑与。

　　　　||：逻辑或。

　　　　!：逻辑非。

&&和||是双目运算符，而! 是单目运算符。

用逻辑运算符将逻辑量或关系表达式连接起来的式子是逻辑表达式。

C 语言编译系统在判断一个量"真"或"假"时，0 判断为"假"，非 0 判断为"真"。

例如：a=10　b=−2 则

　　　　!a 的结果为 0。

　　　　a&&b 的结果为 1。

　　　　a||b 的结果为 1。

（2）位操作运算符及其表达式。C 语言提供了 6 种位操作运算符如下。

　　　　&　：按位与。

　　　　|　：按位或。

　　　　～　：按位取反。

　　　　^　：按位异或。

　　　　<<　：位左移，移出的位丢失，低位用 0 填充。

　　　　>>　：位右移，移出的位丢失，高位用 0 填充。

除了～以外，以上位操作运算符都是双目运算符，即要求运算符两侧各有一个运算对象。

例如：a=0x4b　b=0xc8　则

　　　　a&b 的结果为：0x48。

　　　　a|b 的结果为：0xcb。

　　　　a^b 的结果为：0x83。

　　　　～a 的结果为：0xb4。

　　　　a<<2 的结果为：0x28。

　　　　a>>2 的结果为：0x12。

二者的区别：逻辑运算和按位运算符号不同，运算过程和结果也不一样，逻辑运算的结果只有"真"和"假"2 种，而按位运算的结果是具体数值。

3．赋值运算符及其表达式

（1）赋值运算符。赋值符号=及其扩展就是赋值运算符，它将一个数据赋给一个变量。如 a=3;的作用是把常数 3 赋给变量 a。也可将一个表达式的值赋给一个变量。表 2-11 为 C 语言中赋值运算符。

表 2-11　　　　　　　　　　　　　C 语言中赋值运算符

	赋　值
=	赋　值
/=	除后赋值
*=	乘后赋值
%=	取模后赋值
+=	加后赋值
− =	减后赋值
<<=	左移后赋值
>>=	右移后赋值
&=	按位与后赋值
^=	按位异或后赋值
|=	按位或后赋值

（2）赋值表达式。由赋值运算符将一个变量和一个表达式连接起来的式子称为"赋值表达式"。

① 它的一般形式为

变量　　赋值运算符　　表达式

例如 a=5 是一个赋值表达式。其求解的过程是将赋值运算符右侧表达式的值赋给左侧变量。赋值表达式的值就是被赋值变量的值。例如，a=5 这个赋值表达式的值为 5（变量 a 的值也是 5）。

② 一般形式赋值表达式中的"表达式"，又可以是一个赋值表达式。

例如：a=(b=5)

括号内的 b=5 是一个赋值表达式，它的值等于 5。a=(b=5)相当于 b=5 和 a=5 两个赋值表达式，因此 a 的值等于 5，整个赋值表达式的值也等于 5。

（3）复合赋值运算符及其表达式。凡是双目运算符，都可以与赋值运算符"="一起组成复合赋值运算符。C 语言共提供了 10 种复合赋值运算符，即

+=　 − =　 *=　 /=　 %=　 <<=　 >>=　 & =　 \|=　 ^=

采用这种复合赋值运算可以简化书写及提高 C 编译器的编译效率。

例如：a+=b;　相当于　a=a+b;

　　　a−=b;　　相当于　a=a−b;

4．其他运算符及其表达式

（1）逗号运算符和逗号表达式。C 语言提供一种特殊的运算符——逗号运算符。它可将 2 个表达式连接起来。

例如：3+5，4+6;

称为"逗号表达式"，又称为"顺序求值运算符"。

逗号表达式的一般形式为

表达式 1，表达式 2，…表达式 n

逗号表达式的求解过程是先求解表达式 1，再求解表达式 2，最后求解表达式 n。整个逗号表达式的值是表达式 n 的值。

例如：a=3*5,a*4

先求解 a=3*5，得 a 的值为 15，然后求解 a*4，得 60，最后整个逗号表达式的值为 60。

如果表达式为（a=3*5,a*4），a+5 则先使 a 的值等于 15，再进行 a*4（但 a 的值未变），再进行 a+5 得 20。最后整个逗号表达式的值为 20。

（2）自增减运算符、复合运算符及其表达式。自增减运算符的作用是使变量值加 1 或减 1。

++i 使用 i 的值之前先使 i 的值加 1，然后再使用 i 的值。

--i 使用 i 的值之前先使 i 的值减 1，然后再使用 i 的值。

i++ 使用完 i 的值以后，再让 i 的值加 1。

i-- 使用完 i 的值以后，再让 i 的值减 1。

++i 与 i++ 的运算类似，相当于执行 i=i+1 这样一个操作，但也有不同。

例如：j=++i；

其运算过程为首先 i 加 1 为 6，然后这个数值 6 被赋给变量 j，执行完毕后 i 和 j 的值均为 6。如果语句变为 j=i++;，其运算过程为首先将 i 的值赋给 j，然后将 i 的值加 1 为 6，执行完毕后 i 和 j 的值分别为 6 和 5。

（3）条件运算符和条件表达式。条件运算符要求有 3 个操作对象，它是 C 语言中唯一的三目运算符。条件表达式的一般形式为

表达式 1？表达式 2：表达式 3

求解过程：先求解表达式 1，若为非 0，则求解表达式 2，此时整个条件表达式的值就是表达式 2 的值；若为 0，则求解表达式 3，此时整个条件表达式的值就是表达式 3 的值。

例如：max=(a>b)? a：b 就是将 a 和 b 二者中大者赋给 max。

> 表达式 1 可以与表达式 2 和表达式 3 的类型不同。例如：x? 'a': 'b'

（4）强制类型转换运算符。强制类型转换的形式为

（类型名）表达式；

例如：

```
(float)a          //将 a 强制转换为 float 类型
(int)(x+y)        //将 x+y 的值强制转换为 int 型
```

还有一些是数组、指针和结构体所用的运算符，这里不再介绍。

（六）C51 程序的基本语句

C 语言程序的执行部分由语句组成。C 语言提供了丰富的程序控制语句，按照结构化程序设计的基本结构包括顺序结构、选择结构和循环结构，从而组成各种复杂程序。这些语句主要包括表达式语句、复合语句、选择语句和循环语句等。

例如：模拟交通灯，先东西绿灯，南北红灯；中间黄灯亮；最后南北绿灯，东西红灯。

```
#include<reg51.h>
#define uchar unsigned char
#define uint unsigned int
sbit ledwe_re=P2^1;    //东西向指示灯
sbit ledwe_ye=P2^2;
sbit ledwe_ge=P2^3;
```

```
sbit ledns_re=P2^4;     //南北向指示灯
sbit ledns_ye=P2^5;
sbit ledns_ge=P2^6;
void delay(uchar z);    //延时函数声明
void main()
{
    uint i;
    ledns_re=0;  ledns_ge=0;   //全灭
    ledwe_ge=0; ledwe_re=0;
    ledns_ye=0;  ledwe_ye=0;
    while(1)
    {
        ledns_re=1; ledns_ge=0;   //南北红灯亮，东西绿灯亮
        ledwe_ge=1; ledwe_re=0;
        ledns_ye=0; ledwe_ye=0;
        for(i=0;i<50;i++)
        {
            delay(1000);
        }
        ledns_ye=1; ledwe_ye=1;   //黄灯亮
        ledns_re=0; ledns_ge=0;
        ledwe_ge=0; ledwe_re=0;
        for(i=0;i<10;i++)
        {
            delay(200);
        }
        ledns_ge=1; ledns_re=0;   //南北绿灯亮，东西红灯亮
        ledwe_re=1; ledwe_ge=0;
        ledns_ye=0; ledwe_ye=0;
        for(i=0;i<30;i++)
        {
            delay(1000);
        }
        ledns_ye=1; ledwe_ye=1;   //黄灯亮
        ledns_re=0; ledns_ge=0;
        ledwe_ge=0; ledwe_re=0;
        for(i=0;i<10;i++)
        {
            delay(1000);
        }
    }
}
void delay(uchar z)
{
    uchar x,y;
    for(x=z;x>0;x--)
        for(y=110;y>0;y--);
}
```

1. 表达式语句和复合语句

（1）表达式语句。表达式语句是最基本的 C 语言语句。表达式语句由表达式加上分号；组成，其一般形式为

表达式；

执行表达式语句就是计算表达式的值。

例如：

```
P1=0x00;
x=y+z;
i++;
```

在 C 语言中有一个特殊的表达式语句，称为空语句。空语句中只有一个分号；，程序执行空语句时需要占用一条指令的执行时间，但是什么也不做。在 C51 程序中常常把空语句作为循环体，用于消耗 CPU 时间。例如，在 delay()延时函数中，有下面语句

```
for(y=110;y>0;y--);
```

上面的 for 语句后面的；就是一条空语句，作为循环体出现。

（2）复合语句。把多个语句用大括号{}括起来，组合在一起形成具有一定功能的模块，这种由若干条语句组合而成的语句块称为复合语句。复合语句在程序运行时，{}中的各行单语句是依次执行的。

在 C 语言的函数中，函数体就是一个复合语句。复合语句不仅可由可执行语句组成，还可由变量定义语句组成。在复合语句中所定义的变量，称为局部变量，它的有效范围只在复合语句中。函数体是复合语句，所以函数体内定义的变量，其有效范围也只在函数内部。比如 main()函数内定义的变量，使用范围只在 main()函数内部。

2．选择语句

条件选择结构可以使程序具有决策能力，程序可以根据选择测试，进入分支操作，完成复杂的处理操作。

（1）if 语句。C 语言提供了 3 种形式的 if 语句。

① 单分支结构。单分支结构的 if 语句，其一般格式为

if(表达式)　　　语句 A

该语句的执行过程是先判断条件（表达式），若条件成立，就执行语句 A；否则，直接执行 if 后面的语句。

② 双分支结构。双分支结构的 if…else 是判断结构。它的一般结构为

```
if（表达式）
        语句 A
    else
        语句 B
```

该语句的执行过程是先判断条件（表达式），若条件成立，就执行语句 A；否则，执行语句 B，双分支结构如图 2-9 所示。

③ 多分支结构。多分支的一般格式为：

```
if （表达式 1）  语句 1；
    else if （表达式 2）语句 2；
        else if（表达式 n-1）语句 n-1；
                …
                else    语句 n；
```

该语句的执行过程是先判断条件 1（表达式 1），若条件 1 成立，就执行语句 1，然后退出该 if 结构；否则，再判断条件 2（表达式 2），若条件 2 成立，则执行语句 2，然后退出该 if 结

构；否则再判断条件 3（表达式 3）……该结构如图 2-10 所示。

（2）switch 语句。C 语言还提供了一个用于多分支的 switch 语句，用它来解决多分支问题较之 if 语句更加方便有效。switch 语句也称开关语句，其格式为

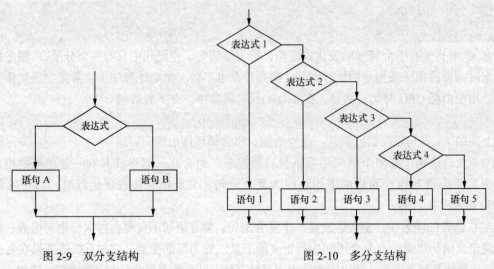

图 2-9　双分支结构　　　　　　　　　　图 2-10　多分支结构

```
switch
{
        case<常量表达式 1>:[语句 1]
        break;
        case<常量表达式 2>:[语句 2]
        break;
        case<常用表达式 n-1>:[语句 n-1]
        break;
        default :语句 n
}
```

程序在执行到 switch 语句时，首先计算表达式的值，然后将该值与 case 关键字后面的常量表达式的值进行比较，一旦找到能够匹配的值，就执行该 case 及其后面的语句，直到遇到 break 语句，才会退出 switch 语句。若未能找到相匹配的值，就执行 default 语句。

3．循环语句

前面介绍的顺序结构和选择结构都是使程序一直向前执行，实际编程中许多问题都需要前一段程序能够反复执行，循环结构就是能够使程序字段重复执行的结构。下面介绍几组常用的循环语句。

（1）while 语句。while 语句格式为

```
                    while（表达式）语句 A
```

其中，表达式的作用是进行条件判断的，为关系表达式或逻辑表达式。语句 A 是 while 语句的循环体。当程序执行到 while 语句时，先判断表达式（条件）的值，若为非 0（真），则执行 while 语句的内嵌语句 A，然后返回继续做条件判定……条件判定为（假），则 while 后面的语句。while 语句结构如图 2-11 所示。

（2）do…while 语句。do…while 语句也可用于实现程序的循环，其格式为

```
                    do 语句 A
                    while（表达式）
```

与 while 不同，当程序执行到 do…while 语句时，先执行语句 A（循环体），再判断表达式

值，当表达式的值为非 0（真）时，返回 do 重新执行内嵌语句，如此循环，直到表达式的值为 0（假）为止，然后退出循环。do…while 语句结构如图 2-12 所示。

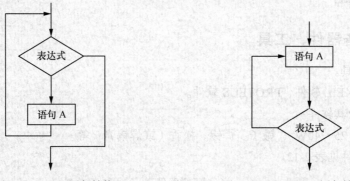

图 2-11　while 语句结构　　　　　　图 2-12　do…while 语句结构

（3）for 语句。for 语句的使用非常灵活，不论循环次数是已知数，还是未知数，都可以使用 for 语句来执行循环。

for 语句的一般格式为

> for（表达式 1；表达式 2；表达式 3）
> ｛
> 　　需要循环执行的语句；
> ｝

for 语句的执行过程如图 2-13 所示。

① 先计算表达式 1 的值。

② 再计算表达式 2 的值，若表达式 2 的值为非 0（真），则执行 for 语句的循环体语句，然后再执行第（3）步。若表达式 2 的值为 0（假），则结束 for 循环，直接执行（5）步。

③ 计算表达式 3 的值。

④ 返回到第（2）步计算表达式 2 的值，再判断表达式 2 的值是否成立。

⑤ 结束 for 语句，执行 for 语句后面的语句。for 语句结构如图 2-13 所示。

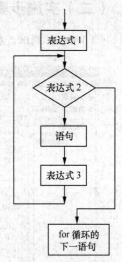

图 2-13　for 语句结构

for 语句的其他使用格式有如下几种

① for（；；）语句。这是一个死循环，一般用条件表达式加 break 语句在循环体中适当位置，一旦条件满足，用 break 跳出 for 循环。

② for（；表达式 2；表达式 3）语句。使用条件是循环控制变量的初值不是已知常量，而是在前面通过计算得到。

例如：i=m-n;

　　……

　　for(; i<k; i++)　语句;

③ for（表达式 1；表达式 2；）语句。一般当循环控制变量非规则变化，而且循环体中有更新控制变量的语句时使用。

④ for（i=1,j=n; i<j; i++,j++）语句。在 for 语句中，表达式 1 和表达式 3 都可以有一项或

多项，当不止一项时，各项之间用逗号分隔。

三、任务实施

（一）准备器件、工具

（1）所需工具。

① PC 机、KEIL 软件、PROTEUS 软件。

② 编程器及其软件。

③ 电烙铁（25～40W）、镊子、焊锡、松香（或焊锡膏）等。

（2）所需器件见表 2-12。

表 2-12 所需器件表

器 件 名 称	型 号	数 量	器 件 名 称	型 号	数 量
IC 插座	DIP40	1	万用板		1
单片机	AT89S51	1	晶振	12MHz	1
时钟电容	22pF	2	复位电容	10μF	1
复位电阻	10kΩ	1	复位按键		1
导线		若干			
发光二极管		12			

（二）实施步骤

（1）KEIL 调试。如图 2-14 所示，程序参看相关知识（六）中有关内容。

图 2-14 KEIL 调试 C 程序

（2）PROTEUS 仿真。使用 PROTEUS 软件绘制硬件电路，将生成的.HEX 文件加载到硬件仿真电路中调试，如图 2-15 所示。

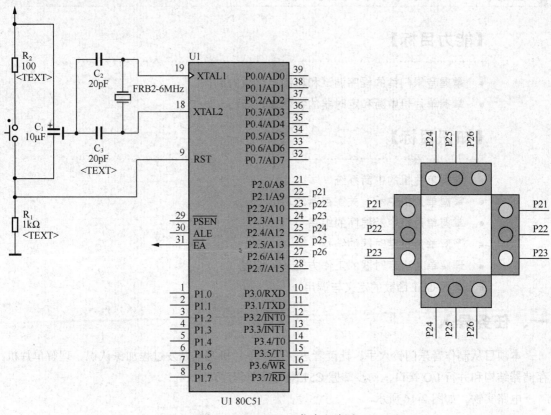

图 2-15　PROTEUS 仿真电路图

（3）焊接电路。

① 在万用板上从大到小布置 IC 插座、LED、晶振、三极管、电容、电阻等各个器件。晶振电路布置时尽可能靠近单片机芯片，以减小电路板分布电容，使晶振频率更加稳定。

② 依照图 2-15 将各个连线焊接好。焊接时引脚不宜过高。

③ 将电池盒固定在万用板的背面，并焊接电源线和地线。

（4）烧录芯片。通过编程器及其编程软件，将.HEX 文件烧录到 51 芯片的程序存储器中。

（5）试验。将 51 芯片插到 IC 插座上，接通电源，即可观察模拟交通灯的信号显示。

四、任务小结

通过对模拟交通灯程序的调试，使读者进一步熟悉单片机开发系统的组成及连接方式。

为了方便程序调试，单片机开发系统一般提供以下同种程序运行方式：全速运行、单步运行、跟踪运行、断点运行等，需要了解每一种运行方式的特点和使用场合。

程序调试是一个反复进行的过程，一般而言，单片机硬件电路和程序很难一次设计成功，因此必须通过反复调试，不断修改硬件和软件，直到运行结果完全符合要求为止。

任务二　音乐门铃的制作

【能力目标】

- 掌握音乐门铃的程序调试和印制电路板的制作
- 掌握单片机中断和定时器的特殊调试技巧

【知识目标】

- 理解单片机的中断系统
- 掌握单片机中断有关寄存器的功能
- 掌握单片机中断程序的编写
- 了解单片机定时器的结构
- 理解单片机定时器的工作方式及其编程
- 掌握 C51 函数的定义与调用

一、任务导入

本项目从制作音乐门铃入手，让读者进一步对单片机基本开发过程加深认识，理解单片机存储器结构和并行 I/O 接口，初步掌握 C51 编写简单程序。

电路实物，如图 2-16 所示。

图 2-16　音乐门铃实物

二、知识链接

（一）C51 函数

在 C 语言程序中，子程序的作用是由函数来实现的，函数是 C 语言的基本组成模块，一个

C 语言程序就是由若干模块化的函数组成的。

C 程序都是由一个主函数 main()和若干个子函数构成的，有且只有一个主函数，程序由主函数开始执行，主函数根据需要来调用其他函数，其他函数可以有多个。例如任务 1 的程序中包含 2 个函数 main()和 delay()，main()是主函数，delay()是延时函数，用于控制发光二极管的闪动速度。

1. 函数分类和定义

从用户使用角度来看，函数有 2 种类型：标准函数和用户自定义函数。

（1）标准函数。标准函数也称为标准库函数，是由 C51 的编译器提供的，用户不必定义这些函数，可以直接调用。KEIL C51 编译器提供了 100 多个标准库函数供我们使用。常用的 C51 标准库函数包括一般 I/O 接口函数、访问 SFR 地址函数等，在 C51 编译环境中，以头文件的形式给出。

（2）用户自定义函数。用户自定义函数是用户根据需要自行编写的函数，它必须先定义之后才能被调用。函数定义的一般形式为

函数类型　函数名（形式参数表）；

形式参数说明；

{

局部变量定义；

函数体语句；

}

其中，"函数类型"说明了自定义函数返回值的类型。

"函数名"是自定义函数的名字。

"形式参数表"给出函数被调用时传递数据的形式参数，形式参数的类型必须加以说明。ANSI C 标准允许在形式参数表中对形式参数的类型进行说明。如果定义的是无参数函数，可以没有形式参数表，但圆括号不能省略。

"局部变量定义"是对在函数内部使用的局部变量进行定义。

"函数体语句"是为完成函数的特定功能而设置的语句。

例如：下面程序是延时函数，该函数完成 $i \times 255$ 次的空循环，其中次数 i 作为一个形式参数出现在子函数中。

```
void Delay (unsigned  char  i)  ──────→ 函数定义
{                              ──────→ 形式参数
unsigned char j, k;            ──────→ 局部变量
  for (k=0; k < i; k++)
    for (j=0; j<255; j++);
}                              ──────→ 用 {} 括起来的函数体
```

2. 函数的调用

函数调用就是在一个函数体中引用另外一个已经定义的函数，前者称为主调用函数，后者称为被调用函数。函数调用的一般形式为

函数名（实际参数列表）

对于有参数类型函数，若包含多个实际参数，则各参数间用逗号隔开，实参与形参的个数

要相等，类型要一致，实参与形参按顺序一一对应。如果是调用无参函数，则无须"实参列表"，但括号不能省。

按函数调用在主调用函数中出现的位置来分，可以有以下 3 种函数调用方式。

（1）函数语句。把被调用函数作为主调用函数的一个语句。

例如：print_messate()；

这时不要求函数带回值，只要求函数完成一定的操作。

（2）函数表达式。被调用函数以一个运算对象的形式出现在一个表达式中，这种表达式称为函数表达式。这时要求被调用函数返回一个确定的值以参加表达式的运算。

例如：c=2*max(a,b)；

函数 max 是表达式的一部分，它的值乘以 2 再赋给 c。

（3）函数参数。被调用函数作为另一个函数的实参或本函数的实参。

例如：m=max(a,min(b,c))；

其中 min(b,c)是一次函数调用，它的值是 max 另一次调用的实参。

在一个函数中调用另一个函数必须同时具备以下一些条件。

① 被调用函数必须是已经存在的函数（库函数或者用户自定义的函数）。

如果函数定义在调用之后，那么必须在调用之前（一般在程序头部）对函数进行声明。例如，在任务二程序 ex2_2.c 中，就先对 delay()函数进行了声明，然后在主函数中调用该函数，最后再定义 delay()函数。

② 如果使用库函数，一般须在本文件开头用#include 命令将调用有关库函数时所用到的头文件"包含"到本文件中。

例如：在程序中增加语句：#include <math.h> 就可以使用 C 编译系统提供的数学函数。

（二）单片机的中断系统

1．中断的概念

中断是指通过硬件来改变 CPU 的运行方向。计算机在执行程序的过程中，外部设备向 CPU 发出中断请求信号，要求 CPU 暂时中断当前程序的执行而转去执行相应的处理程序，待处理程序执行完毕后，再继续执行原来被中断的程序。这种程序在执行过程中由于外界的原因而被中间打断的情况称为"中断"。

2．中断技术的应用

① 并行处理。有了中断技术 CPU 可以与多台外部设备并行工作，并分时与它们进行信息交换，提高了 CPU 的工作效率。

② 实时控制。在乘机实时控制中，请求 CPU 提供服务是随机发生的。有了中断系统，CPU 就可以立即响应中断请求并予以处理。

③ 故障处理。单片机系统在工作时也会出现一些突发性的故障，如电源断电、存储器出错、程序执行错误（如除数为 0）等，一旦出现故障，CPU 就可以及时转去执行故障处理程序，而

不必停机。

3．中断系统

为实现中断功能而配置的硬件和编写的软件称为中断系统。中断系统的结构框图如图 2-17 所示。AT89S51 有如下 5 个中断源。

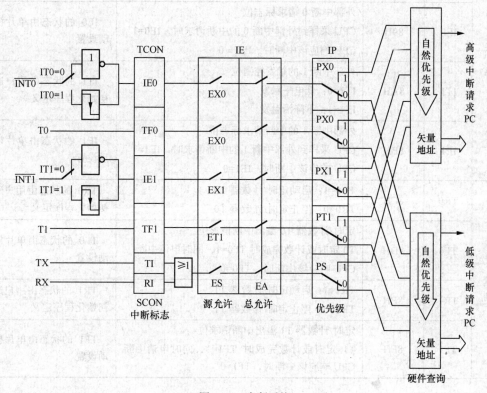

图 2-17　中断系统

① 外部中断 $\overline{INT0}$，来自 P3.2 引脚上的外部中断请求。

② 外部中断 $\overline{INT1}$，来自 P3.3 引脚上的外部中断请求。

③ 定时器 T0 中断，定时器 0 溢出（TF0）引发中断请求。

④ 定时器 T1 中断，定时器 1 溢出（TF1）引发中断请求。

⑤ 串行接口中断，串行接口完成一帧发送或接收后，发出中断请求 TI 或 RI。

每一个中断源都对应有一个中断请求标志位，它们设置在特殊功能寄存器 TCON 和 SCON 中。

（1）TCON。TCON 是定时器/计数器 0 和 1（T0，T1）的控制寄存器，它可以设置外部中断申请的形式，控制定时/计数器的计时开始或停止，也是各中断源（串口除外）是否申请中断的标志位。其字节地址为 88H，格式如下，每一位的含义见表 2-13。

D7	D6	D5	D4	D3	D2	D1	D0
TF1	TR1	TF0	TR0	IE1	IT1	IE0	IT0

表 2-13　　　　　　　　　　　　　TCON 功能说明

形式	符号	位地址	功　　能	说　　明
中断控制	IT0	88H	外部中断 0 的触发控制位 IT0=0：低电平触发 IT0=1：下降沿触发	IT0 的状态由用户通过初始化程序定义
	IE0	89H	外部中断 0 请求标志位 CPU 采样到外部中断 0 的中断请求时，IE0=1 CPU 响应该中断时，IE0 = 0	IE0 的状态由单片机自动设置
	IT1	8AH	外部中断 1 的触发控制位 IT1=0：低电平触发 IT1=1：下降沿触发	IT1 的状态由用户通过初始化程序定义
	IE1	8BH	外部中断 1 的中断请求标志位 CPU 采样到外部中断 1 的中断请求时，IE1=1 CPU 响应该中断时，IE1=0	IE1 的状态由单片机自动设置
定时/计数控制	TR0	8CH	TR0=1：启动定时/计数器 T0 TR0=0：停止定时/计数器 T0	TR0 的状态由用户通过初始化程序定义
	TF0	8DH	定时/计数器 T0 溢出中断请求位 T0 定时或计数完成时 TF0=1，同时申请中断 CPU 响应该中断时，TF0=0	TF0 的状态由单片机自动设置
	TR1	8EH	TR1=1：启动定时/计数器 T1 TR1=0：停止定时/计数器 T1	TR1 的状态由用户通过初始化程序定义
	TF1	8FH	定时/计数器 T1 溢出中断请求位 T1 定时或计数完成时 TF1=1，同时申请中断 CPU 响应该中断时，TF1=0	TF1 的状态由单片机自动设置

（2）SCON。串行接口控制寄存器 SCON 是串口控制寄存器，其中的低 2 位用作串行接口中断标志，所以也是串口中断请求寄存器，字节地址为 98H，格式如下。

D7	D6	D5	D4	D3	D2	D1	D0
SM0	SM1	SM2	REN	TB8	RB8	TI	RI

RI 串行接口接收中断标志。在串行接口方式 0 中，每当接收到第 8 位数据时，由硬件置位 RI；在其他方式中，当接收到停止位的中间位置时置位 RI。注意，当 CPU 转入串行接口中断服务程序入口时不复位 RI，必须由用户用软件来使 RI 清零。

TI 串行接口发送中断标志。在方式 0 中，每当发送完 8 位数据时由硬件置位 TI；在其他方式中于停止位开始时置位。TI 也必须由软件来复位。

4．中断控制

（1）中断允许寄存器 IE。在 AT89S51 中断系统中，中断允许或禁止是由片内的中断允许寄存器 IE（IE 为特殊功能寄存器）控制的，IE 中的各位功能如下。

D7	D6	D5	D4	D3	D2	D1	D0
EA	—	—	ES	ET1	EX1	ET0	EX0

其中，EA：CPU 中断允许标志。EA=0，CPU 禁止所有中断，即 CPU 屏蔽所有的中断请

求；EA=1，CPU 开放中断。但每个中断源的中断请求是允许还是被禁止，还需由各自的允许位确定（见如下 D4～D0 位说明）。

ES：串行接口中断允许位。ES=1，允许串行接口中断；ES=0，禁止串行接口中断。

ET1：定时器/计数器 1（T1）的溢出中断允许位。ET1=1，允许 T1 中断；ET1=0，禁止 T1 中断。

EX1：外部中断 1 中断允许位。EX1=1，允许外部中断 1 中断；EX1=0，禁止外部中断 1 中断。

ET0：定时器/计数器 0（T0）的溢出中断允许位。ET0=1，允许 T0 中断；ET0=0，禁止 T0 中断。

EX0：外部中断 0 中断允许位。EX0=1，允许外部中断 0 中断；EX0=0，禁止外部中断 0 中断。

中断允许寄存器中各相应位的状态，可根据要求用指令置位或清零，从而实现该中断源允许中断或禁止中断，复位时 IE 寄存器被清零。

（2）中断优先级寄存器 IP。AT89S51 中断系统设有 2 个中断优先级（高优先级中断和低优先级中断），通过中断优先级寄存器 IP 相应位的赋值来进行了级别的设置。IP 的字节地址为B8H，其格式及每一位的含义如图 2-18 所示。

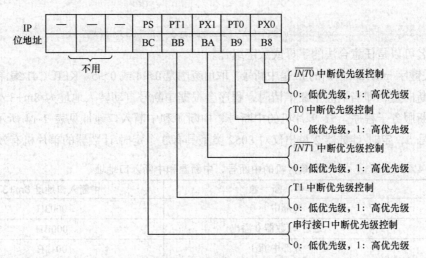

图 2-18　中断优先级寄存器 IP 的格式

中断优先级控制寄存器 IP 中的各个控制位都可由编程来置位或复位（用位操作指令或字节操作指令），单片机复位后 IP 中各位均为 0，各个中断源均为低优先级中断源。

AT89S51 中断系统具有的两级优先级遵循下列 2 条基本规则。

① 低优先级中断源可被高优先级中断源所中断，而高优先级中断源不能被任何中断源所中断。

② 一种中断源（不管是高优先级或低优先级）一旦得到响应，与它同级的中断源不能再中断它。

当同时收到几个同一优先级的中断时，响应哪一个中断源取决于内部查询顺序。自然优先级排列如下。

中断源	自然优先级
外部中断 0	最高
定时器/计数器 0 溢出中断	
外部中断 1	↓
定时器/计数器 1 溢出中断	
串行接口中断	最低

5. 中断处理过程

中断处理过程包括中断响应和中断处理 2 个阶段。

（1）中断响应。中断响应是指 CPU 对中断源中断请求的响应。CPU 并非任何时刻都能响应中断请求，而是在满足所有中断响应条件且不存在任何一种中断阻断情况时才会响应。

响应中断的条件是，有中断源发出中断请求；中断总允许位 EA 置 1；申请中断的中断源允许位置 1。

阻断中断的情况有：CPU 正在响应同级或更高优先级的中断；当前指令未执行完；正在执行中断返回或访问寄存器 IE 或 IP。若存在任何一种阻断情况，中断查询结果即被取消，CPU 不响应中断请求而在下一机器周期继续查询。

（2）中断响应过程。中断响应过程就是自动调用并执行中断函数的过程。

C51 编译器支持在 C 源程序中直接以函数形式编写中断服务程序。常用的中断函数的定义格式为

```
void  函数名 ( ) [interrupt m] [using n]
```

函数名可以是任意合法的字母或数字组合。

m：关键字 interrupt 后面的 m 是中断号，取值范围是 0～4 或 0～5。KEIL C41 编译器从 8m+3 处产生中断向量，即当响应中断申请时，程序会根据中断号自动转入地址为 8m+3 处，执行相对应的中断服务子程序。51 单片机的中断号、中断源和中断入口地址见表 2-14 所示。表 2-14 中的中断号 5，定时/计数器 2 溢出仅对 8052 类型具有 3 个定时/计数器的单片机有效。

表 2-14   51 单片机的中断号、中断源和中断入口地址

m	中 断 源	中断入口地址 8m+3
0	外部中断 0	0003H
1	定时/计数器 0 溢出	000BH
2	外部中断 1	0013H
3	定时/计数器 1 溢出	001BH
4	串行口中断	0023H
5	定时/计数器 2 溢出	002BH

n：51 系列单片机可以在内部 RAM 中使用 4 个不同的工作寄存器组，称为第 0～3 组。每个寄存器组都包含有 8 个工作寄存器（R0～R7）。可以通过关键字 using 来选择不同的工作寄存器组。using 后面的 n 取值为 0～3 的常整数，分别代表 4 个不同的工作寄存器组。注意，m 和 n 必须是整数常数，不能是表达式。

例如：

```
void time0_int (void) interrupt 1 using 1    //定时器 0 中断，输出方波
{
    TH0=TH;
    TL0=TL;
```

```
        SPK = ～SPK;
}
```

编制中断函数时应遵循以下规定。

① 中断函数不能进行参数传递。

② 中断函数没有返回值。

③ 中断服务函数不能被其他函数调用，只能由硬件产生中断后自动调用。

④ 在中断函数程序执行过程中，对其他可能在此产生的中断并不响应，因而为了系统能够及时地响应各种中断，提高实时性能，中断函数的执行时间不宜过长，因此中断函数尽量简洁。

6．中断的设置

（1）中断的初始化。

① 开相应中断源的中断。

② 设定所用中断源的中断优先级。

③ 若为外部中断，则应规定低电平还是负边沿的中断触发方式。

例：请写出 $\overline{INT1}$ 为低电平触发的高优先级中断源。

解：方法一（采用位操作指令）

　　$EA=1$；

　　$EX1=1$；

　　$PX1=1$；

　　$IT1=1$；

　　方法二（采用字节型指令）

　　$IE=0x48$；

　　$IP|=0x04$；

　　$TCON\&=0xFB$；

显然，采用位操作指令进行中断系统初始化是比较简单的，因为用户不必记住各控制位寄存器中的确切位置，而各控制位名称是比较容易记忆的。

（2）外部中断的设置。

① 定义中断服务函数。

例如：void　int0_int(void)　interrupt 0 using 1

② 中断使能。

例如：$IE=0x81$；　$\overline{INT0}$ 中断使能

　　　　$IE=0x84$；　$\overline{INT1}$ 中断使能

③ 中断优先级设置。

例如：$IP=0x01$；　$\overline{INT0}$ 中断优先

　　　　$IP=0x04$；　$\overline{INT1}$ 中断优先

④ 触发方式设置。

例如：$TCON=0x00$；设定 $\overline{INT0}$ 为电平触发。

（3）定时器 T0 和 T1 中断的设置。当计数溢出时会设定 $TF=1$，对 AT89S51 提出中断请求。TIMER0 或 TIMER1 中断请求设定的步骤如下。

① 定义中断服务函数。

例如：void time0_int(void) interrupt 1 using 1

② 定时器工作方式设置。

③ 定时器计数值设置。

④ 中断使能。

以上步骤将在后面详细介绍。

（三）定时/计数器

C51 单片机内有 2 个 16 位可编程定时/计数器：T0 和 T1。它们都具备定时和对外部时间进行计数的功能。此外，T1 还可以用做串行接口的波特率发生器。

1. 定时/计数器的结构与控制

（1）定时/计数器的结构。如图 2-19 所示，单片机内部的 16 位定时/计数器由高 8 位和低 8 位 2 个寄存器组成（T0 由 TH0 和 TL0 组成，T1 由 TH1 和 TL1 组成），定时/计数器的计数值就存放在其中。定时/计数器 T1 的结构与 T0 相同。

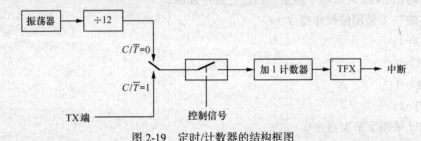

图 2-19　定时/计数器的结构框图

（2）定时/计数器控制。在单片机中有 2 个特殊功能寄存器与定时/计数有关，它们是 TMOD 和 TCON，定时/计数器 T0、T1 就由它们来控制。其中 TMOD 用于设置工作方式，TCON 用于控制其启动、停止和中断申请，如图 2-20 所示。

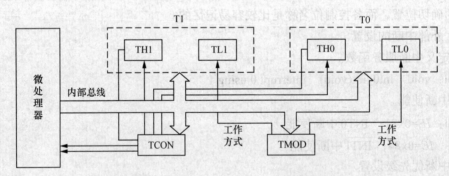

图 2-20　TMOD、TCON 与 T0、T1 的结构框图

① 定时/计数器工作方式控制寄存器 TMOD。TMOD（Timer/Counter Mode Controller，定时/计数器工作方式控制）寄存器用于设置 T0 和 T1 的工作方式，字节地址为 89H，不能按位寻址。其格式和每一位的含义如下。

GATE	C/$\overline{T}$	M1	M0	GATE	C/$\overline{T}$	M1	M0
\multicolumn{4}{c	}{用于设置 T1}	用于设置 T0			

- C/$\overline{\text{T}}$：计数功能选择位。C/$\overline{\text{T}}$=0 时为定时功能，C/$\overline{\text{T}}$=1 时为外部事件计数功能。
- GATE：门控位。其逻辑功能如下。

当 GATE（门控位）=0：只需用软件使 TR0（TR1）置 1 就可以启动定时/计数器工作。

当 GATE（门控位）=1：只有在 $\overline{\text{INT0}}$（$\overline{\text{INT1}}$）引脚为高电平，并且 TR0（TR1）置 1 时，才能启动定时/计数器工作

- M1、M0：工作方式控制位。

② 定时/计数器控制寄存器 TCON。

TCON（Timer/Counter Controller，定时/计数器控制）寄存器的低 4 位用于控制外部中断，高 4 位用于控制定时/计数器的启动和中断申请。其格式和每一位的含义参见（二）中的"中断系统"部分。

- TF0（或 TF1）。当计数器溢出时，TF0（或 TF1）会自动由 0 变为 1，告诉人们计数器已满。可以通过查询 TF0（或 TF1）位的状态来判断是否计时时间已到。如果采用定时中断方式，则当 TF0（或 TF1）由 0 变为 1 时，能自动引发中断。
- TR0（TR1）：运行控制位，可用指令"SETB TR0（或 TR1）"来置位以启动定时/计数器运行，或用指令"CLR TR0（或 TR1）"来关闭定时/计数器的工作，一切全由编程人员控制。

2．定时/计数器的工作方式和初始化

（1）工作方式。80C51 单片机定时/计数器 T0 有 4 种工作方式（方式 0～3），T1 有 3 种工作方式（方式 0～2）。在前 3 种工作方式中，T0 和 T1 除了所使用的寄存器相关控制位、标志位不同之外，其他操作完全相同。下面以定时/计数器 T0 为例进行介绍。

① 方式 0。当 TMOD 的 $M1M0$=00 时，定时/计数器工作于方式 0。

- 方式 0 为 13 位定时/计数器，计数最多计到 2^{13}，也即 8192 次。由 TL0 的低 5 位和 TH0（8 位）共同完成计数功能（TL0 的高 3 位可忽略）。
- 当 TL0 的低 5 位溢出时，将向 TH0 发生溢出时，将定时器中断请求标志位 TF0 置 1，可申请中断，也可对 TF0 进行查询。

因此将计数初值装入定时/计数器的 TH、TL 寄存器时，须将计算结果的高 8 位装入 TH1（或 TH0）、低 5 位装入 TL1（或 TL0）。

> 方式 0 采用 13 位定时/计数器是为了与早期的 MCS-48 系列产品兼容，但计数初值 TH0 的 8 位和 TL0 的低 5 位的确定比较麻烦，所以实际使用时常用方式 1 来代替。

② 方式 1。当 TMOD 的 $M1M0$=01 时，定时/计数器工作于方式 1。方式 1 的计数位是 16 位，计数最多计到 2^{16}，也即 65536 次。由 TL0 作为低 8 位、TH0 作为高 8 位共同构成，其余操作同方式 0。

③ 方式 2。当 TMOD 的 $M1M0$=10 时，定时/计数器工作于方式 2。这是自动重装初值的 8 位计数方式，计数最多计到 2^8，也即 256 次。TH 存放初值，TL 用于计数。它省却了方式 0 和方式 1 在多次重复计数状态下必须重新设定计数初值的麻烦，但是相应地付出了减小定时时间的代价。

由于方式 2 省去了用户软件中重装常数的程序，所以特别适用于制作比较精确的脉冲信号发生器。

④ 方式 3。方式 3 只适用于定时/计数器 T0。当 T1 被设定为方式 3 状态时，将停止计数。此时 TL0 和 TH0 作为 2 个独立的 8 位定时/计数器使用。TL0 既可定时又可计数，它使用

T0 的各控位、引脚和中断源，即 C/T、GATE、TR0、TF0、T0（P3.4 引脚）、INT0（P3.2 引脚）。TH0 此时只能用做内部定时，它借用定时/计数器 T1 控制位 TR1 和 T1 的中断标志位 TF1，其启动和停止只受 TR1 控制。

定时器 T1 无工作方式 3，当定时器 T0 工作在方式 3 时，定时器 T1 可设置为方式 0、方式 1 或方式 2。

（2）时间常数初值的计算。定时/计数器只要预设一个时间常数初值，就可以完成不超过其计数范围的任意大小的计数。相应的算法如下。

① 定时时间常数初值 X。

● 方式 0。

$$X = 8192 - t \times (f_{osc}/12)$$

● 方式 1。

$$X = 65536 - t \times (f_{osc}/12)$$

● 方式 2，方式 3。

$$X = 256 - t \times (f_{osc}/12)$$

其中，t 是需要定时的时间，单位是μs；f_{osc} 是系统使用的晶振频率。

② 计数时间常数初值 X。

● 方式 0。

$$X = 8192 - S$$

● 方式 1。

$$X = 65536 - S$$

● 方式 2、方式 3。

$$X = 256 - S$$

其中，S 是需要计数的次数。

假如流水线上一个包装箱包含 12 盒产品，要求每到 12 盒就产生一个动作，用单片机的工作方式 0 来控制，应当预置的计数初值是多少呢？由上述分析可知，就是 8192 – 12=8180。

（3）定时/计数器的初始化。对 80C51 单片机定时/计数器的初始化步骤如下。

① 对 TMOD 赋值，以确定 T0 和 T1 的工作方式。

② 计算时间常数的初值，并将写入 TH0、TL0 或 TH1、TL1。

③ 采用中断定时方式时，需要对 IE 赋值中断。

④ 置为 TR0 或 TR1，启动定时/计数器。

例如：音频脉冲的产生。

众所周知，声音的频谱范围大约在几十到几千赫兹，若能利用程序来控制单片机某个接口线的到"高"电平或"低"电平，则在该接口线上就能产生一定频率的方波，接上喇叭就能发出一定频率的声音，如图 2-21 所示。

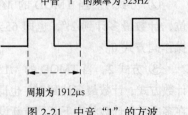

中音 "1" 的频率为 523Hz

周期为 1912μs

图 2-21　中音 "1" 的方波

比如中音 "1" 的频率为 523Hz，周期 $T=1/（523Hz）= 1912$μs，其半周期为 1912μs/2=956μs，因此只要在 P1.0 引脚产生半周期为 956μs 的方波，即可听到持续的中音 "1"。

定时/计数器 0 工作于方式 1 状态下，则 TMOD=0x01。定时/计数的长度是 16 位。应用前面所给的时间常数初值的计算公式 $X=65536 - t(f_{osc}/12)$ 可以很方便地计算时间常数初值。设

f_{osc}=12MHz，则初值

$$X=65536 - 956 \times 10^{-6} \times 12 \times 10^6/12$$

$$=65536 - 956 = 64580 = 0xFC44$$

将计算结果的高 8 位装入 TH0、低 8 位装入 TL0，实际编程时可以采用以下方式分别装入 TH9 和 TL0

$$TH0=X/256；TL0=X\%256；$$

程序代码

```
TMOD = 0x01;          //置 T0 为方式 1
TH0 = X/256;          //赋初值
TL0 = X%256;          //
IE = 0x82;            //开 T0 中断
TR0 = 1;              //启动定时器 T0
```

表 2-15 为部分音符频率与计数初值的对应表。

表 2-15　　　　　　　　部分音符频率、计数初值的对应关系

音　符	1	2	3	4	5	6	7
频率（Hz）	523	578	659	698	784	880	988
初值 T	64580	64684	64777	64820	64898	64968	65030

通常在程序中将音符的计数初值放入数组中以备查表。如将音符[5̇～5̇]的初值放入数组 PL 中

```
unsigned long int PL[]={64426,64400,64524,64580,
                64684,64777,64820,64898,
                64968,65030,65058,65110,
                65157,65178,65217};    //567 1234567 12345 的初值
```

3．中断与定时器的综合应用——音乐门铃

如图 2-16 所示，在单片机 P1.0 引脚外接扬声器，唱出"祝你生日快乐"。

（1）节拍。音频脉冲的产生在前面已介绍过。要奏出一首歌只产生音频脉冲还不够，还要考虑节拍。定义 1/4 拍为一个 delayms，则 1 拍对应于 4 个 delayms，以此类推。设 1/4 拍的时间为 187ms。

```
void delayms(unsigned char ms)
// 延时 187ms 子程序
{
  unsigned char i;
  while(ms--)
  {
    for(i = 0; i < 120*187; i++);
  }
}
```

（2）在程序中建立乐谱表。乐谱表需要 2 个表，一是音符表 YF，二是节拍表 JP。如果演奏下面的"生日快乐"，将乐谱中每个音符对应在[5̇～5̇]数组 PL 中的位置进行编号（起始值为 1），如"5"对应的位置是 8，0 表示休止符。这样定义音符数组

```
unsigned char YF[]={8,0,8,9,8,10,11,0,
                8,0,8,9,8,12,11,0,
                8,0,8,15,13,11,10,9,
                14,0,14,13,11,12,11,0,0xFF};//音符编号表
```

然后将乐谱中每个音符对应的 1/4 节拍的倍数存入节拍数组

```
unsigned char JP[]={2,1,1,4,4,4,4,4,
                    2,1,1,4,4,4,4,4,
                    2,1,1,4,4,4,4,4,
                    2,1,1,4,4,4,4,4};        //节拍表
```

歌谱

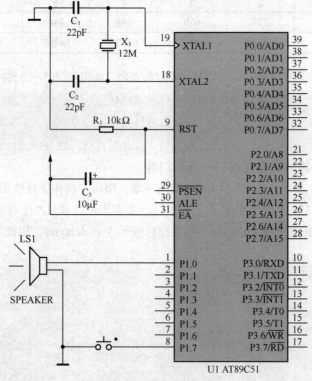

（3）硬件电路

硬件电路如图 2-22 所示。

图 2-22 音乐门铃电路

（4）参考程序

```
#include <reg51.h>

sbit    SPK = P1^0;
sbit    KEY=P1^7;
unsigned char TH,TL;
unsigned long int PL[]={64426,64400,64524,64580,
                        64684,64777,64820,64898,
```

```
                          64968,65030,65058,65110,
                          65157,65178,65217};        //567 1234567 12345 的初值
unsigned char YF[]={8,0,8,9,8,10,11,0,
                    8,0,8,9,8,12,11,0,
                    8,0,8,15,13,11,10,9,
                    14,0,14,13,11,12,11,0,0xFF};//音符编号表
unsigned char JP[]={2,1,1,4,4,4,4,4,
                    2,1,1,4,4,4,4,4,
                    2,1,1,4,4,4,4,4,
                    2,1,1,4,4,4,4,4};                //节拍表
main()
{
  void delayms(unsigned char ms);
  unsigned char I;
   unsigned int YF_Z,JP_Z;
   TMOD = 0x01;                                      //置 T0 为方式 1
   IE = 0x82;
   I=0;
   if (KEY==0)
   {
       while(YF[I]!=0xFF)
       {
       YF_Z=YF[I];
       if(YF[I]==0) TR0=0;
       else
          {TH=PL[YF_Z-1]/256;
          TL=PL[YF_Z-1]%256;
          TR0=1;
          }
       JP_Z=JP[I];
       delayms(JP_Z);
       I++;
       }
   while(KEY==0);
   }
}


void time0_int (void) interrupt 1 using 1
{
    TH0=TH;
   TL0=TL;
   SPK = ~SPK;
}

void delayms(unsigned char ms)
// 延时 187ms 子程序
{
  unsigned char i;
  while(ms--)
  {
      for(i = 0; i < 120*187; i++);
  }
}
```

三、任务实施

（一）准备器件、工具

（1）所需工具。

① PC 机、KEIL 软件、PROTEUS 软件。

② 编程器及其软件。

③ 电烙铁（25～40W）、镊子、焊锡、松香（或焊锡膏）等。

（2）所需器件见表 2-16。

表 2-16 　　　　　　　　　　所需器件表

器件名称	型号	数量	器件名称	型号	数量
IC 插座	DIP40	1	万用板		1
单片机	AT89S51	1	晶振	12MHz	1
时钟电容	22pF	2	复位电容	10μF	1
复位电阻	10kΩ	1	复位按键		1
导线		若干			
喇叭		1	按键		1

（二）实施步骤

（1）KEIL 调试。使用 KEIL 软件编程并生成.HEX 文件，如图 2-23 所示。

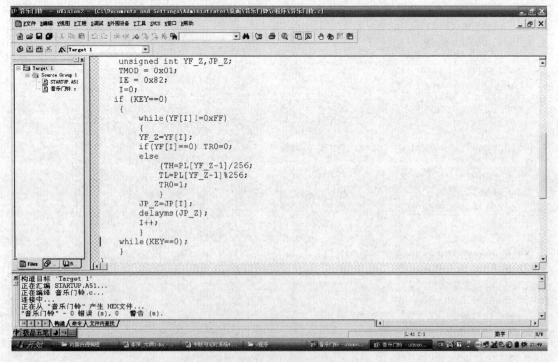

图 2-23　KEIL 调试 C 程序

（2）PROTEUS 仿真。使用 PROTEUS 软件绘制硬件电路，将生成的.HEX 文件加载到硬件仿真电路中调试。仿真电路图如图 2-24 所示。

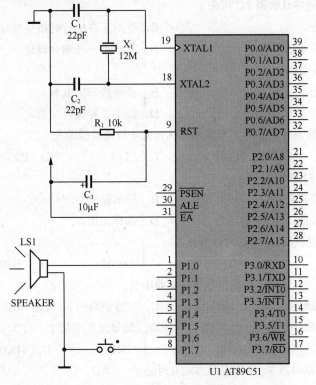

图 2-24　PROTEUS 仿真电路图

（3）焊接电路。

① 在万用板上从大到小布置 IC 插座、喇叭、晶振、三极管、电容、电阻等各个器件。

② 依照图 2-24 将各个连线焊接好。

③ 将电池盒固定在万用板的背面，并焊接电源线和地线。

（4）烧录芯片。通过编程器及其编程软件，将.HEX 文件烧录到 51 芯片的程序存储器中。

（5）试验。将 51 芯片插到 IC 插座上，接通电源，即可听到音乐。

四、任务小结

　　通过调试并制作音乐门铃，了解单片机中断系统、定时器结构及其工作方式、掌握中断程序的编写和定时器的程序设置，掌握 C51 函数特别是中断函数的编写方法，进一步熟练掌握调试和焊接技术。

　　此任务可以修改乐谱，使其放出读者喜欢的音乐。

习题

一、单项选择题

（1）51 单片机的 CPU 主要由（　　　）组成。

      A. 运算器、控制器　　　　　　　　B. 加法器、寄存器

      C. 运算器、加法器　　　　　　　　D. 运算器、加法器

（2）单片机中的程序计数器 PC 用来（　　　）

      A. 存放指令　　　　　　　　　　　B. 存放正在执行的指令地址

      C. 存放下一条指令地址　　　　　　D. 存放上一条指令地址

（3）单片机的 $\overline{EA}$ 引脚（　　　）。

      A. 必须接地　　　　　　　　　　　B. 必须接+5V 电源

      C. 可悬空　　　　　　　　　　　　D. 以上 3 种视需要而定

（4）外部扩展存储器时，分时复用做数据线和低 8 位地址线的是（　　　）。

      A. P0 口　　　　　B. P1 口　　　　　C. P2 口　　　　　D. P3 口

（5）PSW 中的 RS1 和 RS0 用来（　　　）。

      A. 选择工作寄存器组　　　　　　　B. 指示复位

      C. 选择定时器　　　　　　　　　　D. 选择工作方式

（6）单片机上电复位后，PC 的内容为（　　　）。

      A. 0000H　　　　　B. 0003H　　　　　C. 000BH　　　　　D. 0800H

（7）程序是以（　　　）形式存放在程序存储器中的。

      A. C 语言源程序　　　B. 汇编程序　　　C. 二进制编码　　　D. BCD 码

（8）51 单片机的程序计数器 PC 为 16 位计数器，其寻址范围是（　　　）。

      A. 8KB　　　　　　B. 16KB　　　　　C. 32KB　　　　　D. 64KB

（9）51 单片机的定时器 T1 用作定时方式 0 时是（　　　）。

      A. 对内部时钟频率计数，一个时钟周期加 1

      B. 对内部时钟频率计数，一个机器周期加 1

      C. 对外部时钟频率计数，一个时钟周期加 1

      D. 对外部时钟频率计数，一个机器周期加 1

（10）51 单片机的定时器 T1 用作计数方式时，计数脉冲是（　　　）。

      A. 外部计数脉冲由 T1（P3.5）输出

      B. 外部计数脉冲由内部时钟频率提供

      C. 外部计数脉冲由 T0（P3.4）输出

      D. 由外部计数脉冲计数

（11）51 单片机的定时器 T1 用作计数方式时，采用工作方式 1，则工作方式控制字为（　　　）。

      A. 01H　　　　　　B. 05H　　　　　C. 10H　　　　　D. 50H

（12）51 单片机的定时器 T1 用作定时方式时，采用工作方式 1，则工作方式控制字为（　　　）。

      A. 60H　　　　　　B. 02H　　　　　C. 06H　　　　　D. 20H

（13）51 单片机的定时器 T0 用作定时方式时，采用工作方式 1，则初始化编程为（　　　）。

      A. TMOD =0x01　　　　　　　　　B. TMOD =0x50

      C. TMOD =0x10　　　　　　　　　D. TMOD =0x02

（14）启动 T0 开始计数时使 TCON 的（　　　）。

      A. TF0 位置 1　　B. TR0 位置 1　　C. TR0 位置 0　　D. TR0 位置 0

（15）使 51 单片机的定时器 T0 停止计数的语句是（　　　）。

A. TR0=0   B. TR1=0   C. TR0=1   D. TR1=0

（16）当 CPU 响应定时器 T1 的请求后，程序计数器的 PC 的内容是（   ）。

A. 0003H   B. 000BH   C. 00013H   D. 001B

（17）当 CPU 响应外部中断 0 的中断请求后，程序计数器 PC 的内容是（   ）。

A. 0003H   B. 000BH   C. 00013H   D. 001B

（18）51 单片机在同一级别里除了串行口外，级别最低的中断源是（   ）。

A. 外部中断 1   B. 定时器 T0   C. 定时器 T1   D. 串行接口

（19）当外部中断 0 发出中断请求后，中断响应的条件是（   ）。

A. ET0=1   B. EX0=1   C. IE=0x81   D. IE=0x61

（20）51 单片机 CPU 关中断语句是（   ）。

A. EA=1   B. ES=1   C. EA=0   D. EX0=1

（21）在定时/计数器的计数初值计算中，若设最大计数值为 M，对于工作方式 1 下的 M 值为（   ）。

A. $M=2^{13}=8192$ B. $M=2^8=256$ C. $M=2^4=16$ D. $M=2^{16}=65536$

二、填空题

（1）51 单片机定时器的内部结构由以下 4 部分组成：_____、_____、_____、_____。

（2）51 单片机的定时/计数器，若只用软件启动，与外部中断无关，应使用 TMOD 中的_____。

（3）51 单片机的 T0 用做计数方式时，用工作方式 1（16 位），则工作方式控制字为_____。

（4）定时器方式寄存 TMOD 的作用是_____。

（5）定时器控制寄存器 TMOD 的作用是_____。

（6）51 单片机的中断系统由_____、_____、_____、_____组成。

（7）51 单片机的中断源有_____、_____、_____。

（8）如果定时器控制寄存器 TCON 中的 IT1 和 IT0 为 0，则外部中断请求信号方式为_____。

（9）中断源中断请求撤销包括_____、_____、_____等 3 种形式。

（10）外部中断 0 的中断类型号为_____。

（11）51 单片机的存储器主要有 4 个物理存储空间，即_____、_____、_____、_____。

（12）51 单片机的应用程序一般存放在_____中。

（13）片内 RAM 低 128 单元，按其用途划分为_____、_____和_____3 个区域。

三、回答题

（1）P3 口的第二功能是什么？

（2）51 单片机内 RAM 的组成是如何划分的？各有什么功能？

（3）51 单片机有多少个特殊功能寄存器？它们在什么地址范围？

（4）简述程序状态寄存器 PSW 各位含义，单片机如何确定和改变当前的工作寄存器组。

（5）C51 编译器支持的存储器类型有哪些？

（6）当 51 单片机外部扩展 RAM 和 ROM 时，P0 口和 P2 口各起什么作用？

（7）51 单片机定时/计数器的定时功能和计数功能有什么不同？分别应用在什么场合？

（8）51 单片机定时/计数器四种工作方式的特点有哪些？如何进行选择和设定？

（9）什么叫中断？中断有什么特点？

（10）51 单片机有哪几个中断源？如何设定它们的优先级？

（11）外部中断有哪 2 种触发方式？如何选择和设定？

（12）中断函数的定义形式是怎样的？

（13）软件定时与硬件定时的原理有何异同？

（14）51 单片机的定时/计数器是增 1 还是减 1 计数器？增 1 和减 1 计数器和计算计数初值有什么不同？

（15）当定时/计数器在工作方式 1 下，晶振频率为 6MHz，请计算最短定时时间和最长定时时间各是多少？

模块三

人-机交互处理

任务一　LED广告牌的制作

【能力目标】

· 掌握LED数码显示的程序调试和印制电路板的制作

【知识目标】

· 了解LED数码管的结构及原理
· 掌握LED数码管静态显示编程
· 掌握LED数码管动态显示编程
· 掌握C51的数组及其编程

一、任务导入

电路实物，如图3-1所示。

图3-1　数码显示广告牌实物图

二、知识链接

（一）数组

数组是一种具有固定数目和相同类型成分的有序集合。其成员的类型为该数组的基本类型，例如由整型数据组成的数组称为"整型数组"，字符型数组的有序集合称为"字符型数组"。

构成一个数组的各元素必须具有相同的数据类型，数组元素是用同一个名字的不同下标访问的，数组的下标放在方括号中。

设定一个数组时，C 编译器就会在的存储空间开辟一个区域用于存放该数组的内容。字符数组的每个元素占用 1B 的内存空间，整型数组的每个元素占用 2B 的内存空间，而长整型（Long）和浮点型（Float）数组的每个元素则需占用 4B 的存空间。

嵌入式控制器的存储空间有限，要特别注意不要随意定义大容量的数组。

1．一维数组

（1）一维数组的定义。

类型说明符　　数组名[常量表达式]

例如：int a[10];

它表示数组名为 a，整型数组，共有 10 个元素，每个元素都是一个整型数；因此该数组将在内存中占用 20B 的存储单元位置。

一维数组的说明如下。

① 数组名的命名规则和变量名相同，遵循标识符定名规则。数组名后是用方括号括起来的常量表达式，不能使用圆括号。

② 常量表达式表示元素的个数，即数组长度，例如在 a[10]中，表示数组共有 10 个元素。使用数组元素时使用下标的方式，下标从 0 开始，而不是从 1 开始。上述例子中，一共有 10 个元素：a[0]，a[1]，a[2]，a[3]，a[4]，a[5]，a[6]，a[7]，a[8]，a[9]。而 a[10]这个元素不是该数组中的一个元素。

③ 常量表达式中可以包括常量和符号常量，但不能包括变量。也就是说，C 语言中数组元素不能够动态定义，数组大小在编译阶段就已经确定。

（2）一维数组的引用。数组必须先定义，然后再使用。C 语言规定只能引用数组元素而不能引用整个数组。

数组元素的表示形式为

数组名[下标]

下标可以是整型变量或整型表达式。

例如：

a[0];

a[i];　　/*i 是一个整型变量*/

（3）一维数组的初始化。对数组元素的初始化可以用以下方法实现。

① 在定义数组时对数组元素赋以初值。

例如：int a[10]={0,1,2,3,4,5,6,7,8,9};

将数组元素的初值依次放在一对花括号内。经过上面的定义和初始化后，a[0]=0，a[1]=1，a[2]=2，a[3]=3，a[4]=4，a[5]=5，a[6]=6，a[7]=7，a[8]=8，a[9]=9。

② 可以只给一部分元素赋值。

例如：int a[10]={0,1,2,3,4};

定义数组 a 有 10 个元素，但花括号内只提供 5 个初值，初始化后 a[0]=0,a[1]=1,a[2]=2,a[3]=3,a[4]=4，后 5 个元素的值均为 0。

③ 对全部数组元素赋值时，可以不指定数组长度。

例如：int a[10]={0,1,2,3,4,5,6,7,8,9};

也可以写成 int a[]={0,1,2,3,4,5,6,7,8,9};

由于这种写法花括号内有 10 个数。因此，系统自动定义 a 的数组个数为 10，并将这 10 个数分配给 10 个数组元素。如果只对一部分元素赋值，就不能够省略表示数组长度的常量表达式；否则将会与预期的结果不符。

2．二维数组

（1）二维数组的定义。二维数组定义的一般形式为

　　　　　　类型说明符　　数组名[常量表达式][常量表达式]

例如：int a[2][5];　　　定义 a 为 2 行，5 列的数组。

存取方式为按行存取，先存取第 1 行元素的第 0 列，1 列，2 列……直到第 1 行的最后 1 列。然后返回到第 2 行开始，再取第 2 行的第 0 列，1 列，2 列…直到第 2 行的最后 1 列……直到最后一行的最后一列。

C 语言允许使用多维数组，有了二维数组的基础，多维数组也不难理解。

例如：int a[2][3][4];　　　定义了一个类型为整型的三维数组。

（2）二维数组的初始化。对数组的全部元素赋初值有 2 种方法如下。

① 分行给二维数组的全部元素赋初值。

例如：int a[3][4]={{1,2,3,4},{5,6,7,8},{9,10,11,12}};

这种赋值方式很直观，把第一个花括号内的数据赋给第 1 行元素，第 2 个花括号内的数据赋给第 2 行元素。

② 也可以将所有数据写在一个花括号内，按数组的排列顺序对各元素赋初值。

例如：int a[3][4]={1,2,3,4，5,6,7,8,9,10,11,12};

对数组中部分元素赋值有多种形式。

例如：int a[3][4]={{1},{2},{3}};

赋值后的数组元素如下。

1	0	0	0
2	0	0	0
3	0	0	0

例如：int a[3][4]={{1},{},{5,6}};

赋值后数组元素如下。

1	0	0	0
0	0	0	0
5	6	0	0

3．字符数组

基本类型为字符类型的数组称为"字符数组"，字符数组中一个元素存放一个字符。

（1）字符数组的定义。字符数组的定义与前面介绍数组定义的方法类似。

例如：char c[10];　　定义 C 为有 10 个字符的一维字符数组。

（2）字符数组的初始化。最直接方法：将各字符逐个赋给数组中的各个元素。

例如：

```
char a[10]={'Z','h','o','n','g','G','u','o',' '};　//定义字符型数组 a[10]，一共有 10 个元素
```

其他方法赋初值。

```
char a[]={"ZhongGuo"};
char a[]="Zhongguo";
```

（3）字符串。上例中用""括起来的一串字符，称为"字符串常量"，如"Welcome!"等，C 编译器将自动给字符串结尾加上结束符"\0"。注意它与字符的区别，用''括起来的为字符常量，它其实是字符的 ASCII 码值。例如：'a'表示 a 的 ASCII 码值为 97。

例如："a"是一个字符串，它由 2 个字符组成，在内存中由 97 和 0 2 个数字组成，在内存中的存放为

97	0

其中，0 是由 C 编译系统自动加上的。

（二）LED 数码显示

1．LED 数码管的结构与原理

（1）LED 数码管的结构。发光二极管显示器（Light Emitting Diode，LED）又称数码管，具有结构简单、价格低廉、使用方便、耗电少、与单片机接口容易等特点，在单片机应用系统中使用得非常普遍。LED 数码显示器由七段条形的发光的二极管组成"8"字形显示字段，用一只圆形的发光二极管做小数点，其结构如图 3-2（a）所示。

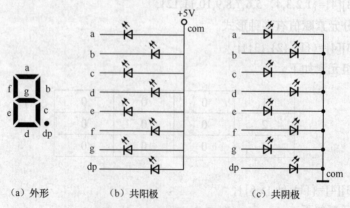

（a）外形　　　　（b）共阳极　　　　（c）共阴极

图 3-2　LED 数码显示器结构

在 LED 数码显示器中，通常将各段发光二极管的阴极或阳极连在一起作为公共端，这样可

以简化驱动电路。因此，LED 数码显示器就有共阴极和共阳极两种接法，如图 3-2（b）、（c）所示。

用万用表判断数码管结构的方法是通过判断任意段与公共端连接的二极管的极性就可以判断出共阳极还是共阴极数码管。假设数码管是共阳极的，将万用表的表内电源正极（黑表笔）与数码管的 COM 端相接，用万用表的表内负极（红表笔）逐个接触数码管的各段，数码管的各段将逐个点亮，则数码管是共阳极的；如果数码管的各段均不亮，则数码管是共阴极的。也可将万用表的红黑笔交换连接后测试。如果数码管只有部分段点亮，另一部分不亮，则说明数码管已经损坏。

（2）LED 数码显示器的编码。要使 LED 数码管显示数字，只要点亮相应字段的发光二极管即可。例如，要显示"1"，点亮 b、c 段；要显示"0"，点亮 a、b、c、d、e、f 段。从图 3-2 所示中不难看出，对于共阴极数码管，点亮字段用高电平"1"表示，而对于共阳极数码管，点亮字段则用低电平"0"来表示。这样就可以把要显示的数字与一串二进制代码对应起来，既对 LED 数码显示器实现编码。由于这种编码是与显示器结构相对应的，因此分为共阴显示码和共阳显示码 2 种。

不考虑小数点时的编码只有 7 位，常称为七段显示码；如果对小数点也进行编码，则称为八段显示码。通常用的编码规则如下所示。

dp	g	f	e	d	c	b	a

忽略小数点的七段 LED 显示器的编码见表 3-1。

表 3-1 LED 显示器的七段显示码

显 示 字 符	共阴极显示码	共阳极显示码	显 示 字 符	共阴极显示码	共阳极显示码
0	3FH	C0H	B	7CH	83H
1	06H	F9H	C	39H	C6H
2	5BH	A4H	D	5EH	A1H
3	4FH	B0H	E	79H	86H
4	66H	99H	F	71H	8EH
5	6DH	92H	P	73H	8CH
6	7DH	82H	U	3EH	C1H
7	07H	F8H	Y	6EH	91H
8	7FH	80H	Γ	31H	CEH
9	6FH	90H	8.	FFH	00H
A	77H	88H	灭	00H	FFH

（3）LED 数码管的引脚。图 3-3 所示为共阳 LED 数码管的引脚图和实物图，图 3-4 所示为 4 位共阳 LED 数码管的引脚图和实物图。

2．静态显示

静态显示是指显示器显示某一字符时，相应段的发光二极管处于恒定导通或截止状态，直至需要显示下一个字符时为止。采用静态显示方式占用的硬件资源多，数码管由于连续地工作，因此功耗大，但程序简单，亮度高。

静态显示又分为并行输出和串行输出 2 种形式。

（1）并行输出。图 3-5 所示给出了静态显示方式下 2 位共阳 LED 作为并行输出的接口电路。图中 2 片 74LS373 扩展并行输入/输出接口，接口地址由 2 线-4 线译码器 74LS139 的输出决定。显然，2 片 74LS373 的地址分别为 3FFFH、0BFFFH。译码输出信号（$\overline{Y0}$ 或 $\overline{Y2}$）与单片机的

写信号 $\overline{WR}$ 共同控制对 74LS373 的写入操作。

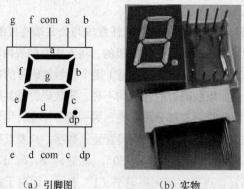

（a）引脚图　　　　　　　　（b）实物

图 3-3　LED 共阳数码管

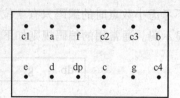

（a）实物　　　　　　（b）拆开的实物　　　　　　（c）引脚图

图 3-4　4 位共阳 LED 数码管

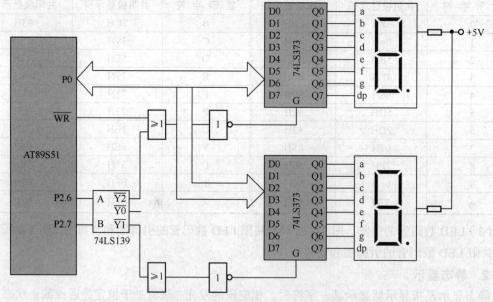

图 3-5　静态显示方式下 2 位共阳极 LED 作为并行输出的接口电路

　　由图 3-5 所示可见，并行输出时，每个 LED 数码管都需要 8 位输出接口独立控制，因此该方式虽然亮度好且不占用 CPU 的工作时间，但在显示器位数较多时，连线会较复杂。

　　（2）串行输出。采用串行输出可以大大节省单片机的内部资源。图 3-6 所示为 2 位共阳 LED 作为串行输出的接口电路。该电路用 74LS164 将 89S51 所输出的串行数据轮换成并行数据输出给 LED 显示器，减少了接口连线。其中 TXD 为移位时钟输出，RXD 为移位数据输出，P1.7

作为显示器允许位控制输出线。每次能够输出 2B（16bit）的段码数据。据此方法，可以做多位 LED 的串行输出显示。

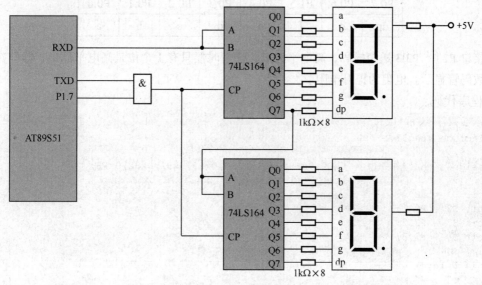

图 3-6　静态显示方式下 2 位共阳 LED 作为串行输出的接口电路

3．动态显示

在多位 LED 显示时，为了降低成本和功耗，将所有位的段选线并联起来，由一个 8 位口控制，由另一个端口进行显示位的控制。

由于段选线是公用的，要让各位数码管显示不同的字符，就必须采用扫描方式（即动态扫描显示方式）逐位轮流点亮各位 LED 显示器（即扫描）。对于每位显示器来说，每隔一段时间（如 1ms）被 80C51 点亮一次，并持续一定时间（通常为 1～10ms），虽然在同一时刻实际上只有 1 位 LED 显示器在显示，但利用人眼的"视觉暂留"和发光二极管熄灭时的余辉效应，使人感觉好像若干位 LED 显示器在同时显示不同的数字一样。

图 3-7 所示为 4 位共阳 LED 动态显示的电路简图。

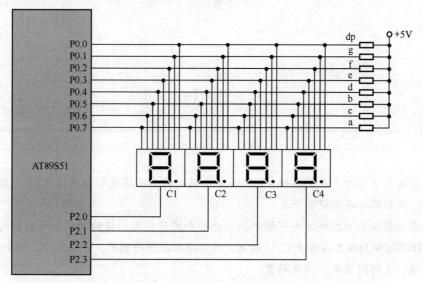

图 3-7　LED 显示四位数字硬件电路

接口 P0 送数据，低电平有效，各位依次对应如下。

P0.7	P0.6	P1.5	P0.4	P0.3	P0.2	P0.1	P0.0
dp	g	f	e	d	c	b	a

接口 P2.0～P2.3 送扫描码，高电平有效，任何时候只有 1 个位是高电平输出，即一次点亮一位数码管显示。电阻为提升电阻。

程序代码：

```c
//4 位数码管显示"1234"
#include <reg51.h>

unsigned char  Tab[]={ 0xC0,0xF9,0xA4,0xB0,0x99,0x92,0x82,0xF8,
                       0x80,0x90,0x88,0x83,0xC6,0xA1,0x86,0x8E};
sbit S1 = P2^0;
sbit S2 = P2^1;
sbit S3 = P2^2;
sbit S4 = P2^3;

void Delay()
{
    unsigned char i;
    for(i=0;i<255;i++);
}

void main()
{
    while(1)
    {
        P2=0x01;                //开 S1 显示
        P0= Tab[1];
        Delay();
        P2=0x02;                //开 S2 显示
        P0= Tab[2];
        Delay();
        P2=0x04;                //开 S3 显示
        P0= Tab[3];
        Delay();
        P2=0x08;                //开 S4 显示
        P0= Tab[4];
        Delay();
    }
}
```

小知识

　　进行动态显示时，在向各位 LED 送显示码之前，必须先暂时关闭 LED，然后再送显示码，否则容易造成视觉干扰。

　　动态扫描显示的扫描方式有程序控制扫描和定时中断扫描两种。在计算机的任务较重时，程序控制扫描要占许多 CPU 时间，难以得到很好的效果，一般采用定时中断扫描，可以每隔一定时间显示一位数码管。

三、任务实施

（一）准备器件、工具

（1）所需工具。

① PC 机、KEIL 软件、PROTEUS 软件。

② 编程器及其软件。

③ 电烙铁（25～40W）、镊子、焊锡、松香（或焊锡膏）等。

（2）所需器件见表 3-2。

表 3-2　　　　　　　　　　　　　　所需器件表

器件名称	型　号	数　量	器件名称	型　号	数　量
IC 插座	DIP40	1	万用板		1
单片机	AT89S51	1	晶振	12MHz	1
时钟电容	22pF	2	复位电容	10μF	1
复位电阻	10kΩ	1	复位按键		1
导线		若干			
数码管	4 位 LED 数码管	1	提升电阻	500Ω排阻	1
三极管	9014（NPN）	4			

（二）实施步骤

（1）KEIL 调试。使用 KEIL 软件编程并生成.HEX 文件，如图 3-8 所示。

（2）PROTEUS 仿真。使用 PROTEUS 软件绘制硬件电路，将生成的.HEX 文件加载到硬件仿真电路中调试。仿真电路图如图 3-9 所示。

图 3-8　KEIL 调试 C 程序

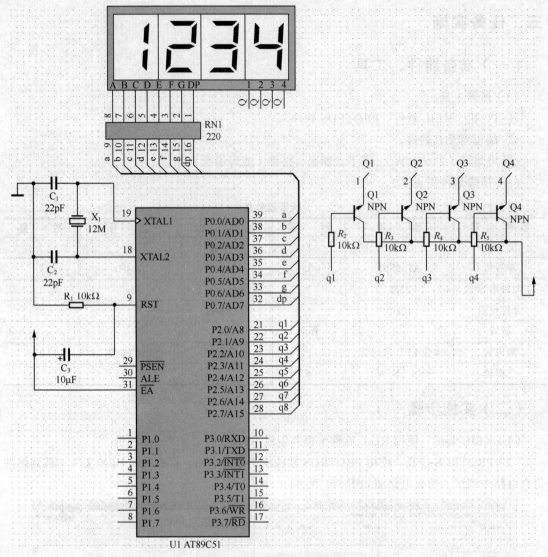

图 3-9　PROTEUS 仿真电路图

（3）焊接电路。

① 在万用板上从大到小布置 IC 插座、4 位 LED、晶振、三极管、电容、电阻等各个器件。

② 依照图 3-9 所示将各个连线焊接好。

③ 将电池盒固定在万用板的背面，并焊接电源线和地线。

（4）烧录芯片。通过编程器及其编程软件，将.HEX 文件烧录到 51 芯片的程序存储器中。

（5）试验。将 51 芯片插到 IC 插座上，接通电源，即可观察到"1234"的显示。

四、任务小结

通过调试并制作 LED 数码显示数字，了解 LED 的结构及引脚；掌握 LED 与单片机的连接方法，熟悉 LED 动态显示的程序编制，学习 C51 语言数组的概念及其使用。在 LED 数码显示以及后面将要介绍的点阵 LED 程序中，数组经常用来存放字型码。

此任务不仅可以显示"1234"，还可以显示数码管可以显示的其他字型，也可将其作为动态显示函数，在4位时钟显示（仅显示小时、分钟）等程序中调用。

任务二　大屏幕广告牌的制作

【能力目标】

- 掌握 LED 点阵显示的程序调试和印制电路板的制作
- 进一步提高对单片机并行 I/O 接口和数组应用的能力

【知识目标】

- 了解 LED 点阵显示器的结构和原理
- 掌握 LED 点阵显示器与单片机的接口
- 掌握 LED 点阵显示器的编程

一、任务导入

用单片机控制一块 8×8 点阵显示器，循环显示数字"0"～"9"。电路实物如图 3-10 所示。

图 3-10　大屏幕广告牌的电路实物

二、知识链接

（一）LED 点阵显示器的结构与原理

LED 点阵式显示器是把很多 LED 发光二极管按矩阵方式排列在一起，通过对每个 LED 进行发光控制，来完成各种字符或图形显示。

LED 点阵显示器主要用来制作电子显示屏，广泛用于火车站、体育场、股票交易厅、大型医院等地点作信息发布或广告显示。其优点是能根据所需的大小、形状、单色或彩色来汇编，能与单片机连线，进行各种动态效果或图形变化。

1．分类

点阵显示器的种类，可分为单色、双色、三色。

依 LED 的极性排列方式，可分为共阴极与共阳极 2 种类型。

根据矩阵每行或每列所含 LED 个数的不同，点阵显示器还可分为 5×7（5 列 7 行）、8×8、16×16 等类型。

2．结构

以单色共阳 8×8 点阵显示器为例，其单点的工作电压为+1.8V，正向电流为 8～10mA，静态点亮器件时（64 点全亮）总电流为 640mA，总电压为+1.8V，总功率为 1.15W。

① 外观如图 3-11 所示。

② 内部等效电路如图 3-12 所示，它由 8 行 8 列 LED 构成，8 根行线 ROW0～ROW7（Y0～Y7）和 8 根列线 COL0～COL7（X0～X7），括号内的数字对应的是外部引脚号。

图 3-11　单色共阳极 8×8 点阵显示器外观和引脚排列

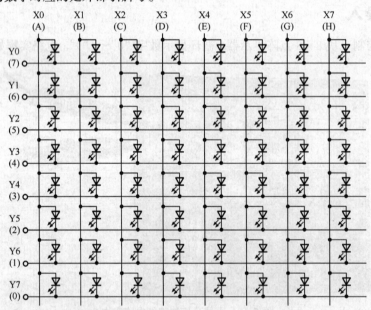

图 3-12　单色列共阳 8×8 点阵显示器等效电路

③ 引脚排列如图 3-13 所示。

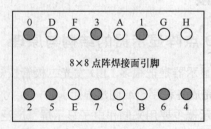

图 3-13　单色共阳极 8×8 点阵显示器引脚排列

3．显示原理

要让某些 LED 亮，就可以组成数字、英文字母、图形和汉字。从等效电路不难看出，点亮 LED 的方法就是要让该 LED 所对应的 Y 轴、X 轴处于正向偏置状态。

从图 3-12 中可以看出，点亮跨接在某行某列的 LED 发光二极管的条件是对应的行输出低电平，对应的列输出高电平。例如：$Y0 = 0$，$X7 = 1$ 时，对应于右下角的 LED 发光。

简单数字"7"的造型表如图 3-14 所示，它的列扫描的数据形式为{0x00,0x3f,0x30,0x18,0x18,0x0c,0x0c,0x0c}，一般以数据库的形式存放在软件中。

"0"～"9"的列扫描数据放入二维数组中，程序代码为

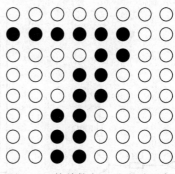

图 3-14 简单数字"7"的造型表

```
//定义二维数组
  unsigned char code led[]={{0x18,0x24,0x24,0x24,0x24,0x24,0x24,0x18},    //0
                            {0x00,0x18,0x1c,0x18,0x18,0x18,0x18,0x18},    //1
                            {0x00,0x1e,0x30,0x30,0x1c,0x06,0x06,0x3e},    //2
                            {0x00,0x1e,0x30,0x30,0x1c,0x30,0x30,0x1e},    //3
                            {0x00,0x30,0x38,0x34,0x32,0x3e,0x30,0x30},    //4
                            {0x00,0x1e,0x02,0x1e,0x30,0x30,0x30,0x1e},    //5
                            {0x00,0x1c,0x06,0x1e,0x36,0x36,0x36,0x1c},    //6
                            {0x00,0x3f,0x30,0x18,0x18,0x0c,0x0c,0x0c},    //7
                            {0x00,0x1c,0x36,0x36,0x1c,0x36,0x36,0x1c},    //8
                            {0x00,0x1c,0x36,0x36,0x36,0x3c,0x30,0x1c}};   //9
```

数字、字母和简单的汉字只要一片 8×8 点阵显示器就可以显示，如果显示一般的汉字，则须由几个 8×8 点阵显示器共同组合才能完成。

4．扫描

如果采用直接点亮的方式，则显示形状是固定的；而采用扫描的方式，就可以实现很多动态的效果。扫描方式有 3 种。

（1）点扫描法。扫描亮点从左上角开始，从左到右、由上而下不停地移动到右下角。依次轮流点亮 64 个点。这种方法常用于鉴别 LED 点阵的好坏。扫描频率必须大于 16Hz×64 = 1024Hz，即周期小于 1ms。

（2）扫描法。扫描时由单片机控制驱动电路从左到右依次将 LED 点阵每一行的公共端（阳极）接到电源上，然后由单片机的另一驱动接口送出列控制信号。

扫描显示过程是每次显示一行 8 个 LED，显示时间称为行周期，8 行扫描显示完成后开始新一轮扫描，这段时间称为场周期。行与行之间延时 1～2ms，延时时间受 50Hz 闪烁频率的限制，不能太大，应保证扫描所有 8 行（即一帧数据）所用时间之和在 20ms 以内。

（3）列扫描法类似于行扫描。

5．驱动

行/列扫描要求点阵显示器每次驱动一行/列。如果不外加驱动电路，LED 会因电流较小而亮度不足。常用的点阵显示器的驱动电路如图 3-15 所示；也常采用 74LS244、74LS245 驱动，引脚图如图 3-16 所示。

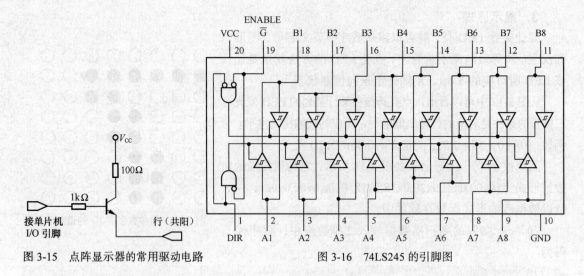

图 3-15　点阵显示器的常用驱动电路　　　　图 3-16　74LS245 的引脚图

A1～A8：总线端。

B1～B8：总线端。

DIR：方向控制。

$\overline{G}$：三态允许端（低电平有效）。

（二）LED 点阵显示技术

1. 点阵显示器与单片机的连接

用单片机控制一个 8×8 点阵显示器需要使用 2 个并行接口，一个控制行线，另一个控制列线，如图 3-17 所示。

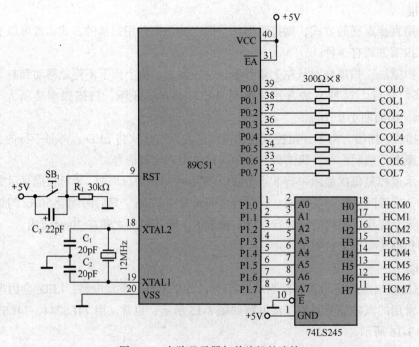

图 3-17　点阵显示器与单片机的连接

2．LED 点阵式电子广告牌

（1）电路连接。将 P0.0～P0.7 分别接 X0～X7（8 条列线），每条列线上串接一个 300Ω左右的限流电阻；P1.0～P1.7 分别接 Y0～Y7（8 条行线），P1.0～P1.7 通过 74LS245 与 LED 连接，提高 P1 口输出的电流，既保证了 LED 的亮度，又保护了单片机接口引脚。

（2）程序设计。

```c
//功能：采用二维数组实现的在 8×8LED 点阵上循环显示数字 0～9 程序
#include  "REG51.h"
void delay1ms();   //延时约 1ms 函数声明
void main()        //主函数
{                  //定义二维数组
  unsigned char code led[]={{0x18,0x24,0x24,0x24,0x24,0x24,0x24,0x18},   //0
                            {0x00,0x18,0x1c,0x18,0x18,0x18,0x18,0x18},   //1
                            {0x00,0x1e,0x30,0x30,0x1c,0x06,0x06,0x3e},   //2
                            {0x00,0x1e,0x30,0x30,0x1c,0x30,0x30,0x1e},   //3
                            {0x00,0x30,0x38,0x34,0x32,0x3e,0x30,0x30},   //4
                            {0x00,0x1e,0x02,0x1e,0x30,0x30,0x30,0x1e},   //5
                            {0x00,0x1c,0x06,0x1e,0x36,0x36,0x36,0x1c},   //6
                            {0x00,0x3f,0x30,0x18,0x18,0x0c,0x0c,0x0c},   //7
                            {0x00,0x1c,0x36,0x36,0x1c,0x36,0x36,0x1c},   //8
                            {0x00,0x1c,0x36,0x36,0x36,0x3c,0x30,0x1c}};  //9

  unsigned char w;
  unsigned int i,j,k,m;
  while(1) {
    for(k=0;k<10;k++)          //第一维下标取值范围 0～9
    {
      for(m=0;m<400;m++)       //每个字符扫描显示 400 次，控制每个字符显示时间
      {
        w=0x01;                //行变量 w 指向第一行
        for(j=0;j<8;j++)       //第二维下标取值范围 0～7
        {
          P1=w;                //行数据送 P1 口
          P0=led[k][j];        //将指定数组元素赋值给 P0 口
          delay1ms();
          w<<=1;               //行变量左移指向下一行
        }
      }
    }
  }
}
//函数名：delay1ms
//函数功能：采用软件实现延时约 1ms
void delay()
{
  unsigned char i;
  for(i=0;i<0x50;i++);
}
```

三、任务实施

（一）准备器件、工具

（1）所需工具。

① PC 机、KEIL 软件、PROTEUS 软件。

② 编程器及其软件。

③ 电烙铁（25～40W）、镊子、焊锡、松香（或焊锡膏）等。

（2）所需器件见表 3-3。

表 3-3   所需器件表

器 件 名 称	型 号	数 量	器 件 名 称	型 号	数 量
IC 插座	DIP40	1	万用板		1
单片机	AT89S51	1	晶振	12MHz	1
时钟电容	22pF	2	复位电容	10μF	1
复位电阻	10kΩ	1	复位按键		1
导线		若干			
8×8LED		1	驱动芯片	74LS245	1

（二）实施步骤

（1）KEIL 调试。使用 KEIL 软件编程并生成.HEX 文件，如图 3-18 所示。

（2）PROTEUS 仿真。使用 PROTEUS 软件绘制硬件电路，将生成的.HEX 文件加载到硬件仿真电路中调试。仿真电路图如图 3-19 所示。

图 3-18   KEIL 调试 C 程序

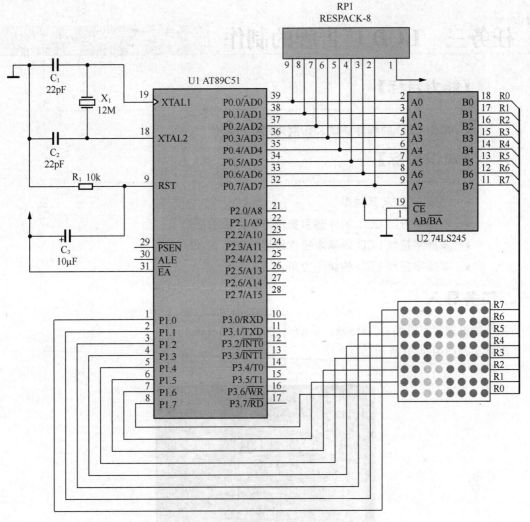

图 3-19　PROTEUS 仿真电路图

（3）焊接电路。

① 在万用板上从大到小布置 IC 插座、4 位 LED、晶振、三极管、电容、电阻等各个器件。

② 依照图 3-19 所示将各个连线焊接好。

③ 将电池盒固定在万用板的背面，并焊接电源线和地线。

（4）烧录芯片。通过编程器及其编程软件，将 .HEX 文件烧录到 51 芯片的程序存储器中。

（5）试验。将 51 芯片插到 IC 插座上，接通电源，即可观察到从"0"～"9"的显示。

四、任务小结

通过调试并制作 LED 点阵式电子广告牌，了解 LED 点阵显示器的结构和原理，熟悉 LED 点阵显示器的引脚，掌握 LED 点阵显示器与单片机的连接方法，掌握 LED 点阵显示器动态显示的程序编制，进一步提高对单片机并行接口和数组的应用能力。

改变数组内容，此任务还可以显示其他字型。

任务三　LCD 广告牌的制作

【能力目标】

- 掌握 LCD 的程序调试和印制电路板的制作

【知识目标】

- 了解 LCD 及其种类
- 掌握字符型 LCD 的外部引脚及与单片机的接口
- 掌握字符型 LCD 的基本操作编程
- 掌握字符型 LCD 的显示应用

一、任务导入

用单片机控制字符型 LCD1602，显示电路实物如图 3-20 所示。

```
8051 LCD test..1
I/O 4 BIT........2
```

图 3-20　LCD 广告牌实物

二、知识链接

（一）LCD 液晶显示器及其种类

1. LCD 液晶显示器的特点

液晶显示器是一种体积小、重量轻、功耗低的显示器件，具有低压、微功耗、平板型结构、显示信息量大（可以显示文字、曲线、图形等）、没有电磁辐射、寿命长等特点，已经越来越广泛地用在各种智能仪器的使用中。

2. LCD 液晶显示器的种类

目前市面上的液晶显示主要有段型、字符型和点阵图形型等 3 种形式。各种形式的液晶显示器都有与之配套的驱动芯片。段型驱动器如 HD44100H 等，字符型驱动器如 HD44780 等，点阵型驱动器如 T6963C 等。

（1）段型 LCD 由长条状显示像素组成一位显示，通常有 7 段、8 段、14 段、16 段等，用来显示数字、西文字母或个别字符，显示效果与 LED 数码管相似。段型液晶显示器与单片机接口同 LED 数码管与单片机接口类似，在此就不再介绍了。

（2）字符型 LCD 是专门显示字母、数字、符号等的点阵型液晶显示模块，主要由 5×7、5×10 等点阵块组成，本章介绍的就是这种 LCD。

（3）图形型 LCD 是在平面上排成多行多列的晶格阵列，点的大小可根据显示的清晰度来设计，可以显示图形和汉字等复杂的信息，如用在游戏机、笔记本电脑和彩色电视等设备中。图形型 LCD 实现复杂图形的显示也比较麻烦，在此也不介绍了。

3. 字符型液晶显示器

（1）字符型液晶显示器的种类。字符型液晶显示器专门用于显示数字、字母、图形符号，并可显示少量自定义符号。这类显示器均把 LCD 控制器、点阵驱动器、字符存储器等做在一块板上，再与液晶屏一起组成一个显示模块，因此安装与使用都较简单。

型号通常为×××1602、×××1604、×××2002、×××2004 等。其中"×××"为商标名称，"16"代表液晶每行可显示 16 个字符，"02"表示共有 2 行，即这种显示器可同时显示 32 个字符；"20"代表液晶每行可显示 20 个字符，"02"表示共有 2 行，即这种显示器可同时显示 40 个字符。其余型号依此类推。

（2）引脚。字符型液晶显示器通常有 16 根接口线，表 3-4 是它们的定义，引脚图如图 3-21 所示。

表 3-4   字符型液晶显示器接口说明

编　号	符　号	引脚说明	编　号	符　号	引脚说明
1	VSS	+5V 电源	9	D2	数据线 2
2	VDD	地线（GND）	10	D3	数据线 3
3	VO	液晶显示驱动电源（0～5V）	11	D4	数据线 4
4	RS	数据/命令选择端	12	D5	数据线 5
5	R/$\overline{\text{W}}$	读/写信号	13	D6	数据线 6
6	E	使能端	14	D7	数据线 7
7	D0	数据线 0	15	BLA	背光源正极
8	D1	数据线 1	16	BLK	背光源负极

图 3-21   字符型 LCD 引脚

（3）1602 型 LCD 实物。常用的 1602 型 LCD 的实物正面图和背面图如图 3-22（a）、（b）所示。

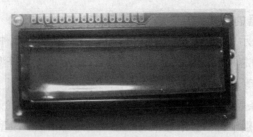

（a）1602LCD 的正面图

（b）1602LCD 的反面图

图 3-22　1602LCD 的正面图和反面图

（二）字符型 LCD 的初始化

字符型液晶显示模块比较通用，接口格式也比较统一，主要是因为各制造商所采用的模块控制器都是 HD44780 及其兼容产品，不管显示屏的尺寸如何，操作指令及其形成的模块接口信号定义都是兼容的。所以学会一种字符型液晶显示模块，就会通晓所有的字符型液晶显示模块。

1. HD44780A 命令格式

HD44780A 液晶显示控制器内有显示 RAM、字符发生器、振荡电路等，可实现单行/双行、5×7、5×10 显示，其中与单片机连接的引脚是 DB0～DB7（数据线）、RS（命令寄存器/数据器选择）、R/$\overline{\text{W}}$（读写控制）和 EN（芯片使能），工作电源为 2.7～5.5V。

HD44780A 内有一个命令寄存器和一个数据寄存器。待显示的信息写入数据寄存器，而命令寄存器用来存放微机发来的命令，以规定或改变 HD44780 的工作方式或状态。主要命令格式见表 3-5。

表 3-5　　　　　　　　　　　　HD44780 的主要命令格式

功　能	RS	R/$\overline{\text{W}}$	DB7	DB6	DB5	DB4	DB3	DB2	DB1	DB0
清显示	0	0	0	0	0	0	0	0	0	1
光标回原位	0	0	0	0	0	0	0	0	1	—
进入模式设置	0	0	0	0	0	0	0	1	I/D	S
显示开关控制	0	0	0	0	0	0	1	D	C	B
光标或显示移动控制	0	0	0	0	0	1	S/C	R/L	—	—
功能设置	0	0	0	0	1	DL	N	F	—	—
DDRAM 地址设置	0	0	0	1	A5	A4	A3	A2	A1	A0
CGRAM 地址设置	0	0	1	A6	A5	A4	A3	A2	A1	A0
读忙标志和地址	0	1	BF	AC	AC	AC	AC	AC	AC	AC

下面对表 3-5 中的符号作简单介绍。

① 进入模式设置命令：I/D=1 表示增址，I/D=0 表示减址；S=1 表示伴随显示移动。

② 显示开关控制命令：D=0 表示关 LCD 显示，C=0 表示不显示光标，B=0 表示光标位字符不闪烁。

③ 光标或显示移动控制命令：S/C=1 表示显示移动，S/C=0 表示光标移动；R/L=1 表示向右移动，R/L=0 表示向左移动。

④ 功能设置命令：DL=1 选择数据总线为 8 位，与 8 位微机相连，DL=0 选择数据总线为 4 位；N=1 选择 2 行显示，N=0 选择 1 行显示；F=1 选择 5×10 模式，F=0 选择 5×8 模式。

⑤ A6～A0 为 7 位地址和 A5～A0 为 6 位地址。

⑥ 读忙标志和地址命令：BF 为忙标志，BF=1 表示 HD44780 正在进行内部操作，不能接受命令，因此在向 HD44780 写入命令前，必须确保 BF=0；AC 为存储单元的地址。

2．HD44780A 与单片机的连接

LCD 接口设计可以分为 8 位及 4 位控制方式。传统的控制方式是用 8 位 D0～D7 数据线来传送控制命令及数据，而使用 4 位控制方式是使用 D4～D7 数据线来传送控制命令及数据，这样单芯片的 I/O 控制线可以减少，省下来的控制线可以做其他硬件的设计。使用 4 位数据线做控制时需分 2 次来传送，先送出高 4 位数据，再送出低 4 位数据。

如图 3-23 所示 HD44780A 与 51 单片机的连接电路图，R/$\overline{\text{W}}$ 直接接地，即只执行写入操作；RS 由 P0.0 控制；EN 由 P0.1 控制；以 4 位方式进行写入，用到 D4～D7，分别由 P0.4～P0.7 控制。

3．字符型 LCD 的初始化

LCD 上电时，都必须按照一定的顺序对 LCD 进行初始化操作，主要任务是设置工作方式、显示状态、清屏、输入方式、光标位置等。使用写命令对 LCD 进行初始化，流程如图 3-24 所示。假设要求液晶显示器工作在 2 行 5×8 模式显示，则初始化函数 lcd_int() 的程序为

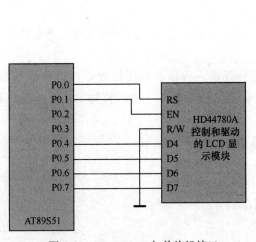

图 3-23　HD44780A 与单片机接口

图 3-24　LCD 初始化流程图

```
//函数名：lcd_int
//函数功能：lcd初始化
```

```
//形式参数：无
//返回值：无
void lcd_int()
{
    lcd_w_cmd(0x38);      // 设置工作方式：数据位
                             为 8 位，2 行显示，5*8 点阵
    lcd_w_cmd(0x0E);      // 设置光标：打开 LCD 显示，
                             光标显示，光标位字符不闪烁
    lcd_w_cmd(0x01);      // 清屏
    lcd_w_cmd(0x06);      // 设置输入方式：光标增量方式
                             右移，显示字符不移动
    lcd_w_cmd(0x80);      // 设置初始显示位置
}
```

（三）字符型 LCD 的基本操作

字符型 LCD 的基本操作有：写命令、写数据、读状态和读数据，由 RS、R/$\overline{W}$ 和 EN 的不同组合状态确定，见表 3-6。

表 3-6　　　　　　　　　　　　　3 个控制引脚对应的基本操作

控 制 引 脚			基 本 操 作
RS	**R/$\overline{W}$**	**EN**	
0	0	⌐‾⌐	写命令：用于初始化、清屏、光标定位等
0	1	⌐‾⌐	读状态：读忙标志。当忙标志为"1"时，表明 LCD 正在进行内部操作，此时不能进行其他 3 类操作；当忙标志为"0"时，表明 LCD 内部操作已经结束，可以进行其他 3 类操作。一般采用查询方式
1	0	⌐‾⌐	写数据：写入要显示的内容
1	1	⌐‾⌐	读数据：将显示存储区中的数据反读出来，一般较少用

1．读状态

在进行写命令、写数据和读数据 3 种操作之前，必须先进行读状态，查询忙标志操作，当标志为"0"时，才能进行这 3 种操作。

在读状态时，使能信号 E 的高电平有效，所以在程序设置顺序上，先设置 $RS=0$ 和 $R/\overline{W}=1$，再设置 EN 为高电平，这时从数据口读取数据，然后再将 EN 置为低电平，最后复位 RS 和 $R/\overline{W}$。

```
/******************************************
函数功能:测试 LCD 忙碌状态
入口参数:
出口参数:result
******************************************/
bit lcd_bz()
{
    bit result;
    rs = 0;
    rw = 1;
    en = 1;
```

```
    _nop_();
    _nop_();
    _nop_();
    _nop_();
    result = (bit)(P0 & 0x80);
    en =rw=0;
    return result;
}
```

2. 写指令

在写命令时，使能信号 EN 下降沿有效，所以在程序设置顺序上，先设置 $RS=0$ 和 $R/\overline{W}=0$，再设置指令，然后产生 EN 信号的脉冲。

```
/************************************************
函数功能:写指令数据到 LCD 子程序
入口参数:cmd
出口参数:
************************************************/
void lcd_wcmd(unsigned char cmd)
{
    while(lcd_bz());            //判断 LCD 是否忙碌
    rs = 0;
    rw = 0;
    en = 0;
    _nop_();
    _nop_();
    P0 = cmd;
    _nop_();
    _nop_();
    _nop_();
    _nop_();
    en = 1;
    _nop_();
    _nop_();
    _nop_();
    _nop_();
    en =0;
}
```

3. 写数据

要想把显示字符显示在某一指定位置，就必须先将显示数据写在相应的 DDRAM 地址中。LCD1602 是 2 行 16 列字符型液晶显示器，它的定位地址见表 3-7，注意，第 1 行 DDRAM 与第 2 行 DDRAM 地址并不连续。

表 3-7　　　　　　　　　　　　　光标位置与相应地址

列 行	1	2	3	4	5	6	7	8	9	10	11	12	13	14	15	16
1	80	81	82	83	84	85	86	87	88	89	8A	8B	8C	8D	8E	8F
2	C0	C1	C2	C3	C4	C5	C6	C7	C8	C9	CA	CB	CC	CD	CE	CF

在指定位置显示一个字符，需要如下 2 个步骤。

首先进行光标定位，设定显示位置，当写入一个显示字符后，如果没有再给光标重新定位，则 DDRAM 地址会自动加 1 或自动减 1，加或减由方式字设置。

然后设置 $RS=1$ 和 $R/\overline{W}=0$，写入要显示字符的 ASCII 码（写数据操作）。

程序代码：

```
/****************************************************
函数功能：设定显示位置子程序
入口参数：pos
出口参数：
****************************************************/
void lcd_pos(unsigned char pos)
{
    lcd_wcmd(pos | 0x80);
}


/****************************************************
函数功能：写入显示数据到 LCD 子程序
入口参数：dat
出口参数：
****************************************************/
void lcd_wdat(unsigned char dat)
{
    while(lcd_bz());              //判断 LCD 是否忙碌
    rs = 1;
    rw = 0;
    en = 0;
    P0 = dat;
    _nop_();
    _nop_();
    _nop_();
    _nop_();
    en = 1;
    _nop_();
    _nop_();
    _nop_();
    _nop_();
    en = 0;
}
```

4. 在显示屏上显示文字

```
8051 LCD test..1
I/O 4 BIT……..2
```

程序清单：

```
/************包含头文件*********************/
#include <reg51.h>
#include <intrins.h>
```

```
/***********端口定义***********************/
sbit rs= P2^0;
sbit rw = P2^1;
sbit en = P2^2;

/********显示数据表***********************/
unsigned char code dis1[] = {"8051 LCD TEST..1"};
unsigned char code dis2[] = {" I/O 4 BIT.......2"};

/*****************************************
```
函数功能:LCD 延时子程序

入口参数:ms

出口参数:
```
***********************************************/
void delay(unsigned char ms)
{
    unsigned char i;
    while(ms--)
    {
        for(i = 0; i< 250; i++)
        {
            _nop_();
            _nop_();
            _nop_();
            _nop_();
        }
    }
}


/*******************************************
```
函数功能：测试 LCD 忙碌状态

入口参数:

出口参数：result
```
*******************************************/
bit lcd_bz()
{
    bit result;
    rs = 0;
    rw = 1;
    en = 1;
    _nop_();
    _nop_();
    _nop_();
    _nop_();
    result = (bit)(P0 & 0x80);
    en = rw=0;
    return result;
}

/***********************************************
```

函数功能：写指令数据到 LCD 子程序

入口参数：cmd

出口参数：

```
**************************************************/
void lcd_wcmd(unsigned char cmd)
{
    while(lcd_bz());              //判断 LCD 是否忙碌
    rs = 0;
    rw = 0;
    en = 0;
    _nop_();
    _nop_();
    P0 = cmd;
    _nop_();
    _nop_();
    _nop_();
    _nop_();
    en = 1;
    _nop_();
    _nop_();
    _nop_();
    _nop_();
    en = 0;
}

/**************************************************
```

函数功能：设定显示位置子程序

入口参数：pos

出口参数：

```
**************************************************/
void lcd_pos(unsigned char pos)
{
    lcd_wcmd(pos | 0x80);
}

/**************************************************
```

函数功能：写入显示数据到 LCD 子程序

入口参数：dat

出口参数：

```
**************************************************/
void lcd_wdat(unsigned char dat)
{
    while(lcd_bz());              //判断 LCD 是否忙碌
    rs = 1;
    rw = 0;
    en = 0;
    P0 = dat;
    _nop_();
    _nop_();
    _nop_();
```

```
        _nop_();
        en = 1;
        _nop_();
        _nop_();
        _nop_();
        _nop_();
        en = 0;
}
```

```
/*************************************************
```

函数功能：LCD 初始化子程序

入口参数：

出口参数：

```
**************************************************/
void lcd_init()
{
    lcd_wcmd(0x38);
    delay(1);
    lcd_wcmd(0x0c);
    delay(1);
    lcd_wcmd(0x06);
    delay(1);
    lcd_wcmd(0x01);
    delay(1);
}
```

```
/***************************************************
```

函数功能：主程序

入口参数：

出口参数：

```
***************************************************/
void main(void)
{
    unsigned char i;
    lcd_init();                      // 初始化 LCD
    delay(10);
    lcd_pos(0x01);                   //设置第一行显示位置
    i = 0;
    while(dis1[i] != '\0')
    {
        lcd_wdat(dis1[i]);           // 显示字符
        i++;
    }
    lcd_pos(0x42);                   // 设置第二行显示位置
    i = 0;
    while(dis2[i] != '\0')
    {
        lcd_wdat(dis2[i]);           // 显示字符
        i++;
    }
    while(1);
}
```

三、任务实施

（一）准备器件、工具

（1）所需工具。

① PC 机、KEIL 软件、PROTEUS 软件

② 编程器及其软件

③ 电烙铁（25～40W）、镊子、焊锡、松香（或焊锡膏）等

（2）所需器件

所需器件见表 3-8。

表 3-8　　　　　　　　　　　　　　　　所需器件表

器 件 名 称	型　　号	数　　量	器 件 名 称	型　　号	数　　量
IC 插座	DIP40	1	万用板		1
单片机	AT89S51	1	晶振	12MHz	1
时钟电容	22pF	2	复位电容	10μF	1
复位电阻	10kΩ	1	复位按键		1
导线		若干			
LCD1602		1	提升电阻	500Ω排阻	1

（二）实施步骤

（1）KEIL 调试。使用 KEIL 软件编程并生成 .HEX 文件，如图 3-25 所示。

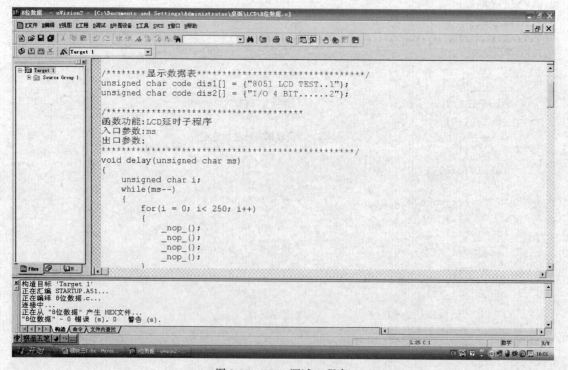

图 3-25　KEIL 调试 C 程序

（2）PROTEUS 仿真。使用 PROTEUS 软件绘制硬件电路，将生成的.HEX 文件加载到硬件仿真电路中调试。仿真电路图如图 3-26 所示。

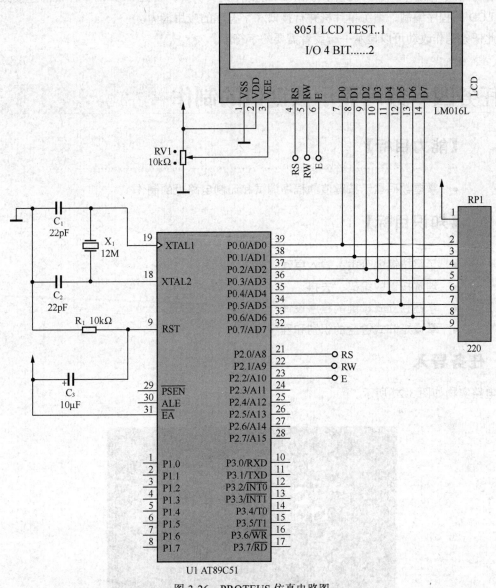

图 3-26 PROTEUS 仿真电路图

（3）焊接电路

① 在万用板上从大到小布置 IC 插座、4 位 LED、晶振、三极管、电容、电阻等各个器件。

② 依照图 3-26 所示将各个连线焊接好。

③ 将电池盒固定在万用板的背面，并焊接电源线和地线。

（4）烧录芯片。通过编程器及其编程软件，将.HEX 文件烧录到 51 芯片的程序存储器中。

（5）试验。将 51 芯片插到 IC 插座上，接通电源，即可观察到两行字符串的显示。

四、任务小结

通过调试并制作 LCD 广告牌，了解 LCD 的种类及引脚，掌握 LCD 与单片机的连接方法，熟悉 LCD 的程序编制，训练单片机并行接口和字符串的应用能力。

此任务稍作改动可以显示一行读者需要的字符串。

任务四　数码显示按键值的制作

【能力目标】

· 掌握数码显示按键值的程序调试和印制电路板的制作

【知识目标】

· 了解按键的分类、输入原理
· 理解按键的编码、去抖
· 掌握独立式按键的程序设计
· 掌握矩阵式键盘的识别和程序设计

一、任务导入

电路实物如图 3-27 所示。

图 3-27　数码显示按键值的实物

二、知识链接

在单片机应用系统中，按键是人-机交互的重要组成部分，用于向单片机应用系统输入数据或控制信息。按键的形式一般有独立式按键和矩阵式按键盘 2 种。

独立式按键的结构简单，但占用的资源多，通常用在按键数量较少的场合，大多数单片机应用采取这种方式；矩阵式键盘的结构相对复杂，但占用的资源较少，通常用在按键数量较多的场合。

（一）按键简介

1. 常用的按键

常用的按键开关如图 3-28 所示。

其中，图 3-28（a）、（b）所示通常为弹性按键，即按下键时，2 个触点闭合导通，放开时，触点在弹力作用下自动弹起，断开连接，前面任务中使用的复位键就是这类弹性按键。本章介绍的都是弹性按键。

图 3-28（c）所示是拨动开关，通过拨动上面的金属开关，可以在 2 个状态间切换。图 3-28（d）所示一般为电源开关。图 3-28（e）所示为拨码开关，相当于几个拨动开关封装在一起，体积小，使用方便。

| （a） | （b） | （c） | （d） | （e） |

图 3-28　常用的按键开关

有一种紧缩按键的封装与图 3-28（b）所示一样，但它没有弹性，按一下键后触点闭合导通并锁定在闭合状态，再按一下按键后才能断开，使用时需要加以区分。

按键通常是 3～4 个引脚［如图 3-28（a）所示］或 6 个引脚［如图 3-28（b）所示］，在焊接时必须先用万用表测试引脚的通断状态，再进行连接。

2. 按键去抖动和窜键处理

（1）按键去抖动。机械式按键在按下或释放时，由于机械弹性作用的影响，通常伴随有一定时间的触点机械抖动，然后才稳定下来，抖动时间一般为 5～10ms，如图 3-29（a）所示。在触点抖动期间检测按键的通断状态，可能导致判断出错。

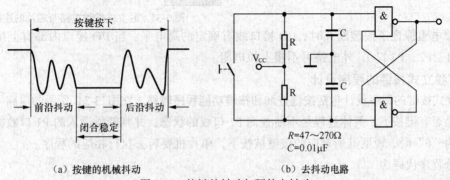

| （a）按键的机械抖动 | （b）去抖动电路 |

图 3-29　按键的抖动与硬件去抖动

在单片机应用系统中，消除抖动有硬件和软件 2 种方法。硬件去抖动方法主要是利用 RS 触发器［如图 3-29（b）所示］或滤波电路；软件去抖动通常是程序检测到按键被按下时，延时 10ms 后再检测按键是否仍然闭合，若是则确认是一次真正的闭合，否则就忽略此次按键。流程如图 3-30 所示。

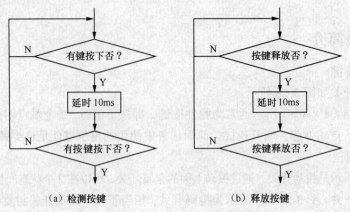

（a）检测按键　　　　（b）释放按键

图 3-30　软件去抖动流程图

（2）窜键。用户在操作时，常因不小心同时按下一个以上的按键，即发生了窜键。处理窜键的原则是把最后松开的按键认作真正被按的键，即如果一个以上的按键被按下，则再扫描一遍，直到只有一个按键按下为止。

（二）独立式按键

1. 独立式按键与单片机接口

如图 3-31 所示，每一个按键的电路是独立的，占用一条数据线，当其中任意一按键按下时，它所对应的数据的电平就变成低电平，读入单片机就是逻辑 0，表示按键闭合；若无按键按下，则所有的数据线的电平都是高电平。

独立式键盘的连接和软件设计都比较简单，但由于一个按键就要占用 1 条 I/O 接口线，故一般只用于系统中按键较少的情况。

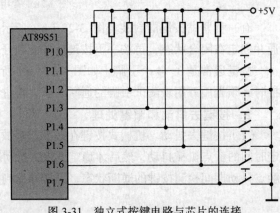

图 3-31　独立式按键电路与芯片的连接

上拉电阻保证了按键断开时，I/O 接口线有确定的高电平。当 I/O 接口内部有上拉电阻时（比如 P1、P2、P3 口），外电路可不接上拉电阻。

2. 独立式按键的程序设计

独立式按键的程序设计包括按键查询和按键功能程序转移。在图 3-31 所示的电路中，单片机判断是否有键按下。具体过程是不断查询 P1 口线的状态，并判断所读入的 P1 口数据，当有数据位为 "0" 时，说明其所对应的按键被按下，单片机要转去执行相应的程序。

部分程序代码为

```
#include "REG51.H"
void main()                        //主函数
{
```

```
    unsigned char i,k;
    P1=0xff;                        //P1 口作为输入口, 置全 1
    i=0;
    while(1)
{
    while(i==0)                     //循环判断是否有按键按下
    { i=P1;                         //读按键状态
      i=~i;                         //按键状态取反
    }
    delay();                        //有按键按下, 延时 10ms 去抖
    k=i;
    i=P1;                           //再次读按键状态
    if(i==k)                        //没有窜键
    {   do
        { i=P1;                     //释放否?
          i=~i;                     //按键状态取反
        } while(i==0);              //一直到释放
    }
    switch(k)                       //根据键值调用不同的处理函数
    {
      case 0x01: key1();break;      //调用按键 1 子函数, 该函数此处省略
      case 0x02: key2();break;      //调用按键 2 子函数, 该函数此处省略
      case 0x04: key3();break;      //调用按键 3 子函数, 该函数此处省略
      case 0x08: key4();break;      //调用按键 4 子函数, 该函数此处省略
      case 0x10: key5();break;      //调用按键 5 子函数, 该函数此处省略
      case 0x20: key6();break;      //调用按键 6 子函数, 该函数此处省略
      case 0x40: key7();break;      //调用按键 7 子函数, 该函数此处省略
      case 0x80: key8();break;      //调用按键 8 子函数, 该函数此处省略
      default:break;
    }
  }
}
```

在查询方式中, 需要程序不断地查询接有按键的 I/O 接口线。如果较长时间未查询, 将会造成漏读键码的情况。为了避免此类现象发生, 可采用中断与查询相结合的方式进行。

(三) 矩阵式键盘

1. 矩阵式键盘的结构

矩阵式键盘又称行列式键盘, 往往用于按键数量较多的场合。矩阵式键盘的按键设置在行与列的交点上, 如图 3-32 所示。

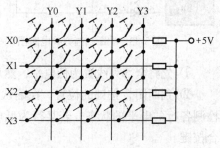

图 3-32 矩阵式键盘的结构示意图

在图 3-32 所示的矩阵式 4×4 键盘结构中,行线通过电阻接+5V 电源。当键盘中无按键按下时,所有的行线和列线都被断开,相互独立,行线 X0~X3 都为高电平。当有任何一键闭合时,该键所对应的行线和列线被接通。如果把行线接到单片机的输入接口,列线接到单片机的输出接口,由单片机控制列线的当前状态是"0",这样当某按键所对应的行线出现低电平时,就可以判断出该行有按键按下。

2. 矩阵式键盘工作方式

矩阵式键盘的扫描常用程序扫描方式、定时扫描方式或中断扫描方式来实现。

① 程序扫描方式,是在 CPU 不执行别的程序,对键盘进行扫描,占用 CPU 的时间比较多。

② 定时扫描方式,是利用定时器每隔一定时间产生定时中断,在中断服务时扫描键盘。定时扫描方式的电路与程序扫描方式相同。这种方式在无键闭合的情况下也会执行扫描任务。

③ 中断扫描方式,是只有在按键按下时产生中断申请,进行键盘扫描,能在最快时间内对按键进行响应,占用 CPU 的时间最少,运行效率高。无论是独立键盘还是矩阵键盘都可以采用中断扫描方式。限于篇幅,仅画出硬件原理图,如图 3-33 所示。

3. 按键的识别

确定键盘上哪一个键被按下可以采用逐行扫描或逐列扫描的方法,称为行(列)扫描法。以图 3-34 所示的键盘为例,键盘采用 4×4 结构,共有 16 个按键。其中,P1.0~P1.3 对应于 0~3 行,P1.4~P1.7 对应于 0~3 列。按键识别的过程如下。

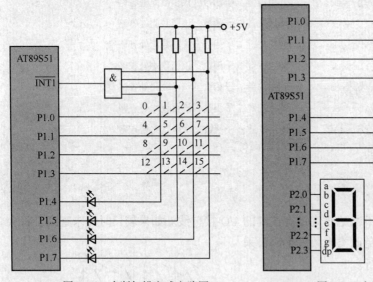

图 3-33 中断扫描方式电路图

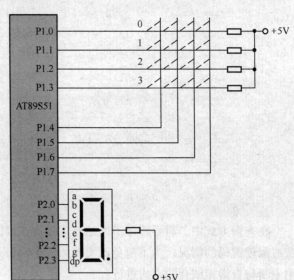

图 3-34 矩阵式键盘的硬件电路

① 先将全部列线置为低电平,然后判断键盘中是否有按键被按下。

② 判断闭合按键的位置。在确认键盘中有按键按下后,依次将列线置为低电平,再逐行检测各行的电平的状态。若某行为低电平,则该行与置为低电平的列线相交处的按键即为闭合按键。

③ 综合上述 2 步的结果,即可确定出闭合按键所在的行和列,从而识别出所按的按键。求

出按键所对应的按键值。

　　④ 判断闭合按键是否释放，如没释放则继续等待。

　　⑤ 将闭合按键的按键值保存，由数码管显示出来。

　程序代码为

```
/******************************包含头文件********************************/
#include<reg51.h>

/***************************数码管、按键的表格***************************/
unsigned char table[]={0xC0,0xF9,0xA4,0xB0,0x99,0x92,0x82,0xF8,
                0x80,0x90,0x88,0x83,0xC6,0xA1,0x86,0x8E};
unsigned char KEYTAB[]={0xEE,0xED,0xEB,0xE7,0xDE,0xDD,0xDB,0xD7,
                0xBE,0xBD,0xBB,0xB7,0x7E,0x7D,0x7B,0x77,0xFF};
/***********************************************************************
```

　函数功能：延时子程序

```
***********************************************************************/
void delay(void)
{
                unsigned char i,j;
                for(i=0;i<20;i++)
                for(j=0;j<250;j++);
}
/***********************************************************************
```

　函数功能：LED 显示子程序

　入口参数：i

```
***********************************************************************/
void display(unsigned char i)
{
                P2=0xfe;
                P0=~table[i];
                delay();
}

/***********************************************************************
```

　函数功能:键盘扫描子程序

```
***********************************************************************/
void keyscan(void)
{
                unsigned char i,n,m,k;
                P1=0xf0;
                n=P1;                   //读行
                n&=0xf0;
                m=n;                    //将行值保存在m中
                P1=0x0F;
                n=P1;                   //读列
                n&=0x0F;
                n|=m;                   //将行和列的值保存在m中
```

```
                if (n!=0xFF)
                {
                for (i=0;i<16;i++)
                {if (n==KEYTAB[i])
                k=i;
                }
                display(k);
                }
}
/***************************************************************
```

函数功能：主程序

```
***************************************************************/
void main(void)
{
                while(1)
                {
                  keyscan();
                }
}
```

三、任务实施

（一）准备器件、工具

（1）所需工具。

① PC 机、KEIL 软件、PROTEUS 软件。

② 编程器及其软件。

③ 电烙铁（25～40W）、镊子、焊锡、松香（或焊锡膏）等。

（2）所需器件见表 3-9。

表 3-9　　　　　　　　　　　　　　所需器件表

器 件 名 称	型　号	数　量	器 件 名 称	型　号	数　量
IC 插座	DIP40	1	万用板		1
单片机	AT89S51	1	晶振	12MHz	1
时钟电容	22pF	2	复位电容	10μF	1
复位电阻	10kΩ	1	复位按键		1
导线		若干			
数码管	1 位 LED 数码管	1	弹性按键		16
提升电阻	500Ω排阻	1	三极管	9014（NPN）	1

（二）实施步骤

（1）KEIL 调试。使用 KEIL 软件编程并生成.HEX 文件，如图 3-35 所示。

图 3-35　KEIL 调试 C 程序

（2）PROTEUS 仿真。使用 PROTEUS 软件绘制硬件电路，将生成的.HEX 文件加载到硬件仿真电路中调试。仿真电路图如图 3-36 所示。

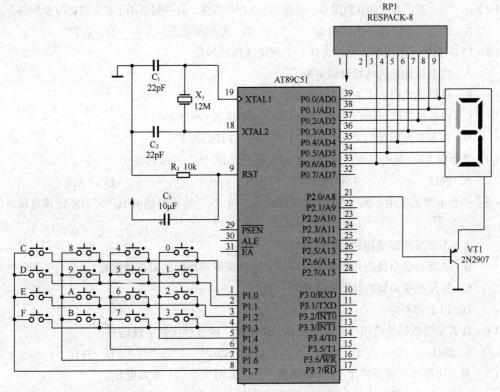

图 3-36　PROTEUS 仿真电路图

（3）焊接电路。

① 在万用板上从大到小布置 IC 插座、4 位 LED、晶振、三极管、电容、电阻等各个器件。

② 依照图 3-36 所示将各个连线焊接好。

③ 将电池盒固定在万用板的背面，并焊接电源线和地线。

（4）烧录芯片。通过编程器及其编程软件，将.HEX 文件烧录到 51 芯片的程序存储器中。

（5）试验。将 51 芯片插到 IC 插座上，接通电源，按键即可观察到按键值的显示。

四、任务小结

通过调试并制作数码显示按键值，了解按键的分类及输入原理、去抖和编码，掌握独立式按键的程序设计，熟悉矩阵式键盘按键的识别及编程，进一步训练了单片机并行接口的应用、循环程序设计、键盘查询程序设计和调试能力，培养综合应用能力，同时让读者初步了解作为单片机的重要输入设备——键盘的接口技术和程序设计方法。

习题

一、选择题

（1）在单片机应用系统中，LED 数码管显示电路通常有（   ）显示方式。

    A. 静态　　　　　B. 动态　　　　　C. 静态和动态　　　　　D. 查询

（2）（   ）显示方式编程较简单，但占用 I/O 接口线多，其一般适用于显示位数较少的场合。

    A. 静态　　　　　B. 动态　　　　　C. 静态和动态　　　　　D. 查询

（3）LED 数码若采用动态显示方式，下列说法错误的是（   ）。

    A. 将各位数码管的段选线并联

    B. 将段选线用一个 8 位 I/O 接口控制

    C. 将各位数码管的公共端直接连接在+5V 或者 GND 上

    D. 将各位数码管的位选线用各自独立的 I/O 接口控制

（4）共阳极 LED 数码管加反相器驱动时，显示字符"6"的段码是（   ）。

    A. 06H　　　　　B. 7DH　　　　　C. 82H　　　　　D. FAH

（5）一个单片机应用系统用 LED 数码管显示字符"8"的段码是 80H，可以断定该显示系统用的是（   ）。

    A. 不加反相驱动器的共阴极数码管

    B. 加反相驱动器的共阴极数码管或不加反相驱动器的共阳极数码管

    C. 加反相驱动器的共阳极数码管

    D. 以上都不对

（6）在共阳极数码管使用中，若要仅显示小数位，则其相应的字段码是（   ）。

    A. 80H　　　　　B. 10H　　　　　C. 40H　　　　　D. 7FH

（7）某一应用系统需要扩建 10 个功能键，通常采用（   ）方式更好。

    A. 独立式按键　　B. 矩阵式键盘　　C. 动态键盘　　　D. 静态键盘

（8）按键开关的结构通常是机械弹性元件，在按键按下和断开时，触点在闭合和断开瞬间会产生接触不稳定，为消除抖动引起的不良后果常采用的方法有（　　　　）。

  A. 硬件去抖动　　　　　　　　　　B. 软件区抖动

  C. 软、硬件 2 种方法　　　　　　　D. 单稳态电路去抖动方法

（9）矩阵式键盘的工作方式主要有（　　　　）。

  A. 编程扫描方式和中断扫描方式　　B. 独立查询方式和中断扫描方式

  C. 中断扫描方式和直接访问方式　　D. 直接访问方式和直接输入方式

二、问答题

（1）在任务一的图 3-1 所示中，如果直接将共阳极数码管换成共阴极数码管，能否正常显示？为什么？应采取什么措施？

（2）七段 LED 静态显示和动态显示在硬件连接上分别具有什么特点？实际设计应如何选择使用？

（3）LED 大屏幕显示器一次能点亮多少行？显示的原理是怎样的？

（4）机械式按键组成的键盘，应如何消除按键抖动？

（5）独立式按键和矩阵式键盘分别具有什么特点？适用于什么场合？

模块四

数据通信处理

任务 单片机与 PC 串口通信设计

【能力目标】

- 掌握单片机与 PC 机串口通信的程序调试

【知识目标】

- 掌握指针的简单用法
- 了解串行通信的基础知识和串行接口的结构
- 理解串行接口的工作方式和波特率的设置
- 掌握单片机与 PC 间的串行通信设计
- 了解常用串行通信总线标准

一、任务导入

本设计中，单片机可接收 PC 的串口设计软件所发送的数字串，并逐个显示在数码管上，当按下单片机系统的 K1 按键时，会有一串中文字串由单片机串口发送给串口调试助手软件，并显示在软件接收窗口中，如图 4-1 所示。

下载一个串口调试助手，完成 PC 与单片机之间的通信。

二、知识链接

（一）指针

指针是 C 语言中的一个重要概念，也是 C 语言的一个重要特色。正确灵活地运用指针，可以有效地表示复杂数据结构、方便地使用字符串和数组、调用函数时得到多个返回值；能直接与内存打交道，这对于嵌入式编程尤其重要。掌握指针的应用，可以使程序简洁、紧凑、高效。

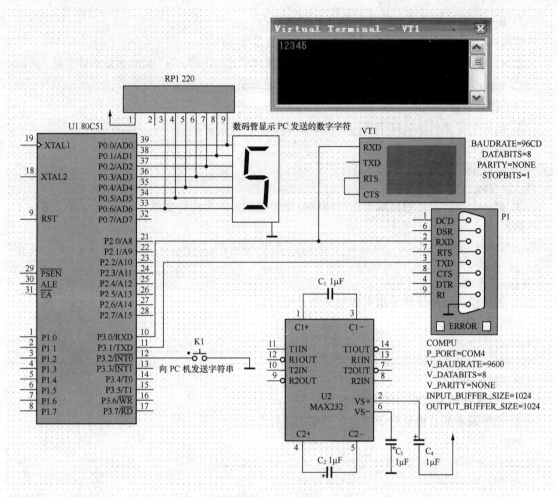

图 4-1　单片机与 PC 的串口通信

1. 指针的定义和引用

（1）指针变量的定义。定义指针变量的一般形式为

基类型　　*指针变量名；

例如：

```
char *cp1,*cp2;      /*定义 2 个字符型的指针变量 cp1 和 cp2*/
int *P1,*P2;         /*定义了 2 个整型指针变量 P1 和 P2*/
```

char 和 int 是在定义指针变量时指定的"基类型"，例如 P1、P2 指向整型数据，不能指向 float 或者 char 等其他类型的数据。

定义指针变量时需注意如下两点。

① 指针变量前的"*"，表示该变量为指针变量。

② 定义指针变量时必须指定基类型。不同类型的数据在内存中占用的字节数是不一样的。对于 C51 而言，char 或 unsigned char 型变量在内存中占用 1B；int 或 unsigned int 型变量在内存中占用 2B；long 或 unsigned long 和 float 型的变量，在内存中占用 4B。

（2）指针运算符。C 语言提供了 2 个运算符，用来获得变量地址，或使用指针所指变量的值：

① &：取地址运算符，功能是取变量的地址。

例如：a_ptr=&a;   //变量 a 的地址送给变量 a_ptr

② *：取内容运算符，"*"用来表示指针变量所指单元的内容，"*"后必须是指针变量。例如：

```
j=* a_ptr;                // a_ptr 所指单元的内容赋给 j
```

（3）指针变量的赋值运算。

① 把一个变量的地址赋予指向相同数据类型的指针变量。

例如：

```
int i,*i_ptr;
i_ptr=&i;
```

② 把一个指针变量的值赋予指向相同数据类型的另一个指针变量。

例如：

```
int i,*i_ptr,*m_ptr;
i_ptr=&i;
m_ptr=i_ptr;
```

③ 把数组的首地址赋予指向数组的指针变量。

例如：

```
int a[5],*ap;
ap=a;
```

或 ap=&a[0];

还可以采用初始化赋值的方法 int a[5],*ap=a;

④ 把字符串的首地址赋予指向字符串的指针变量。

例如：

```
unsigned char *cp;
cp="Hello World!";
```

这里应该说明的是，并不是把整个字符串装入指针变量，而是把存放该字符串的字符数组的首地址装入指针变量。

在指针的操作中，常用的一种操作是指针变量自增或自减。例如 p++，其意义是将指针指向这个数据的下一个数据，如果一个数据占用 1B，那么每次指针自增时，只要将地址值增加 1 即可；而如果一个数据占用 2B，每次指针自增加时，就必须将该值增加 2，这才指向下一个变量。

例如：通过指针变量访问字符串。

程序为

```
void EX_INT0() interrupt 0
{
  uchar *s="这是由8051单片机发送的字符串!\r\n";        //定义指针变量 s，并初始化
  uchar i=0;
  while (s[i]!='\0')
    {
    SBUF=s[i];
    while (TI==0);
    TI=0;
    i++;
    }
}
```

（二）串行通信基础

在实际应用中单片机经常要与外部设备进行信息交换；单片机与单片机之间或单片机与计算机之间往往也要交换信息，这些信息交换都可以称为通信。通信方式有串行和并行 2 种。

并行通信是指数据的各位同时进行传送（发送或接收）的通信方式。其特点是传送数据的速度快，但所使用的数据线较多（传送几位数据就需要几根数据线）。远程通信时成本较高。一般适合高速、短距离（相距数米）的应用场合，典型应用是计算机和打印机之间的连接。

串行通信是指数据一位一位按顺序传送的通信方式。其突出特点是只需少数几条线就可以在系统之间交换信息（如利用电话线完成串行通信的拨号上网方式），大大降低了传送成本，尤其适合远程通信。串行通信的传输速度较慢。

图 4-2 所示是传送数据 1101 0010B 时并行通信和串行通信的示意图。

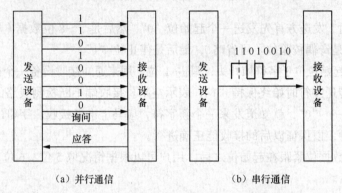

（a）并行通信　　　　　　　（b）串行通信

图 4-2　传送数据时并行通信与串行通信示意图

1. 串行通信的制式

串行通信的制式也即传输方式通常有 3 种，如图 4-3 所示。

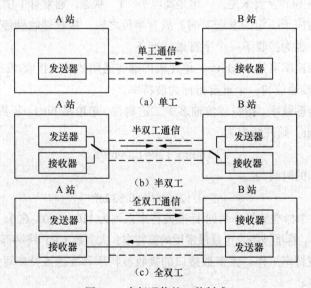

图 4-3　串行通信的 3 种制式

① 单工制式。信息的传送是单向的，只允许数据从一个设备发送给另一个设备。

② 半双工制式。既允许数据从甲设备传送给乙设备，又允许数据从乙设备传送给甲设备，但不能同时进行数据的发送和接收。

③ 全双工制式。不仅数据传送是双向的，而且发送和接收可以同时进行。

2．串行通信的种类

（1）异步通信。

① 字符帧。在异步通信中，数据是一帧一帧（包括一个字符代码或一字节数据）传送的。在帧格式中，一个字符由 4 个部分组成：起始位、二进制数据位、奇偶校验位和停止位。图 4-4 所示给出了典型的异步帧格式。

图 4-4　异步通信帧格式

在串行通信时，发送方首先发送一个起始位"0"，然后是 5～8 位数据（规定低位在前，高位在后），接下来是奇偶校验位（可省略），最后是停止位"1"。

- 起始位。起始位位于字符帧开头，只占 1 位，用来通知接收设备一个待接收的字符开始到来。线路上不传送字符时始终保持"1"，表示空闲。接收端不断检测线路的状态，若连续为"1"之后检测到一个"0"，就知道发来一个新字符，应马上准备接收。字符的起始位还被用做同步接收端的时钟，以保证以后的接收能正确进行。

- 数据位。数据位紧跟在起始位之后，用户可以根据情况取 5 位、6 位、7 位或 8 位，低位在前，高位在后。

- 奇偶校验位。奇偶校验位在数据位之后，只占 1 位。串行通信中是采用奇校验还是偶校验，由用户根据需要决定。也可以不用奇偶检验位，这一位就可以省去；也可用这一位表示此帧中的字符信息的性质（地址/数据等）。

- 停止位。停止位在字符末尾，一定是高电平"1"状态，通常有 1 位、1.5 位或 2 位之分。这里的"位"是指对应于一定的发送时间，故有半位之说。接收端收到停止位后，知道上一字符传送完毕，同时，也为接收下一个字符做好准备。

异步通信的传输速率可达 20kbit/s。单片机内部有通用的异步接收/发送器。

② **波特率**。异步通信的一个重要指标为波特率。

波特率即数据传输速率，指每秒传输多少二进制位，单位是 bit/s。若数据传送的速率是 120帧，每个帧包含 10bit，则波特率为

$$10\text{bit} \times 120 = 1200\text{bit/s}$$

于是每一位传送的时间为

$$T = 1/1200\text{bit/s} = 0.833\text{ms}$$

国际上规定了一个标准波特率系列,标准波特率系列为 110、300、600、1200、1800、2400、4800、9600 和 19200。标准波特率也是最常用的波特率，大多数 CRT 终端都能够按 110～9600bit/s范围中的任何一种波特率工作。大多数接口的接收波特率和发送波特率可以分别设置，而且可通过编写程序来指定。

（2）同步通信。同步通信中，在数据开始传送前用同步字符来指示，常用 1～2 个同步字符作为双方取得同步的号令，并由时钟来实现发送端和接收端同步。检测到规定的同步字符后，

然后连续发送整组数据。同步传送时，字符之间没有间隙，也不用起始位和停止位，仅在数据块开始时用同步字符（如 ACSII 码中规定的 SYNC，即 16H）来指示，数据格式如图 4-5 所示。

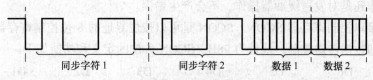

同步字符 1　　　　同步字符 2　　　数据 1　　数据 2

图 4-5　同步通信数据格式

同步通信由于没有为每个字符配备起始位和停止位，所以结构紧凑，传输效率高，速度快。但要求收发双方有准确的时钟，依靠完全相等的时间标准，实现收发双方的严格同步。因此，对硬件设备要求比较高。如果收发双方的时钟有稍许偏差，则每发送 1bit，接收端时钟都略微超前或滞后，所产生的偏差不断积累，采样位置就会出现挪动，接收的数值就会出现差错。

同步通信的传输速率可达 56bit/s 或更高。

（三）串行接口的结构和工作方式

单片机有一个可编程全双工异步串行 I/O 接口，占用 P3.0（串行数据接收端 RXD）和 P3.1（串行数据发送端 TXD）2 个引脚。该接口电路不仅能同时进行数据的发送和接收，也可作为一个同步移位寄存器使用。该串行接口有 4 种工作方式，帧格式有 8 位、10 位和 11 位，并能设置各种波特率。

1．串行接口的结构

图 4-6 所示为串行接口的简明示意图。串行接口由发送控制器、接收控制器、波特率输入管理和发送/接收缓冲器 SBUF 组成。通常定时器 T1 作为串行接口波特率发生器使用。串行接口的通信操作视为累加器 A 与发送/接收缓冲器 SBUF 之间的数据传送操作。

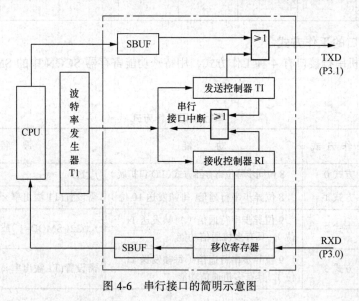

图 4-6　串行接口的简明示意图

2．串行接口的特殊功能控制寄存器

与串行接口有关的特殊功能寄存器有 SBUF、SCON、PCON，与串行接口中断有关的特殊

功能寄存器有 IE、IP。

（1）串行接口发送/接收缓冲器 SBUF。SBUF 是 2 个在物理上独立的接收、发送缓冲器，它们占用一个字地址 99H，可同发送、接收数据。CPU 能通过对 SBUF 的读/写指令来区别是对接收缓冲器操作还是对发送缓冲器操作，不会产生错误。

（2）串行接口控制寄存器 SCON。SCON 是可以按位寻址的 8 位控制寄存器，用于串行接口的方式设定和数据传送控制，地址为 98H。SCON 各位的定义和功能如下。

D7	D6	D5	D4	D3	D2	D1	D0
SM0	SM1	SM2	REN	TB8	RB8	TI	RI

- SM0、SM1：串行接口工作方式选择位。
- SM2：多机通信控制位。
- RBN：串行接收允许位。由软件对其置 1 或清零。软件置 1 时，串行接口允许接收，清零后则禁止接收。
- TB8：在方式 2 和方式 3 中是发送的第 9 位数据。
- RB8：在方式 2 和方式 3 中是接收的第 9 位数据。
- TI：发送中断标志位，发送结束时由硬件置位。该位必须用软件清零。
- RI：接收中断标志位，接收结束时由硬件置位。该位必须用软件清零。

（3）电源控制寄存 PCON。串行接口借用了电源控制寄存器 PCON 的最高位。PCON 是 8 位寄存器，字节地址为 87H，不可进行位寻址。它的低 4 位全部用于 80C51/80C31 系列单片机的电源控制，只有最高位 SMOD 位用于串行接口波特率系数的控制。当 SMOD =1 时，方式 1、2、3 的波特率加倍，否则不加倍。PCON 的格式如下。

PCON.7	PCON.6	PCON.5	PCON.4	PCON.3	PCON.2	PCON.1	PCON.0
SMOD	—	—	—				

3. 串行接口的工作方式

89C51 单片机串行接口有 4 种工作方式，用特殊功能寄存器 SCON 中的 SM0、SM1 进行设定，见表 4-1。

表 4-1　　　　　　　　　　　串行接口工作方式

方式位		工作方式	功　能	波　特　率
SM0	SM1			
0	0	方式 0	8 位同步移位寄存器方式（I/O 口扩展）	$f_{osc}/12$
0	1	方式 1	8 位异步串行通信（每帧发送 10 位）	需设置(T1 溢出率 × $2^{SMOD}/32$)
1	0	方式 2	9 位异步串行通信（每帧发送 11 位），具有多机通信功能	$f_{osc}/32$（SMOD=1）或 $f_{osc}/64$（SMOD=1）
1	1	方式 3	9 位异步串行通信（每帧发送 11 位），具有多机通信功能	需设置(T1 溢出率 × $2^{SMOD}/32$)

其中，定时器 T1 溢出率=$f_{osc}/[12 \times (2^k—初值)]$

（k=13,16,8 分别对应于 T1 的方式 0、1、2）

（1）方式0。在方式0下，串行接口作同步移位寄存器使用，其波特率固定为$f_{osc}/12$。串行数据从RXD端输入或输出，同步移位脉冲由TXD送出。这种方式通常用于扩展I/O接口。

（2）方式1。

① 特点。

- 帧结构为10位，包括起始位0、8位数据位和1位停止位。
- 波特率由软件设置，由T1的溢出率决定。

② 发送操作。

- 数据写入发送缓冲器SBUF后，启动发送器发送，数据从TXD端输出。
- 发送完一帧数据后，TI自动置1，请求中断。
- 要继续发送时，TI必须由指令清零。

③ 接收操作。

- 接收时，REN置1，允许接收。串行接口采样RXD，当采样到由1到0的跳变时，表明接到串行数据的起始位，开始接收一帧数据，直至停止位到来时，把停止位送到RB8中。
- 接收一帧数据后，RI自动置1，请求中断并通知CPU从工作出发SBUF中取走已接收到的数据。
- 如要继续接收时，需用指令清除RI。

（3）方式2和方式3。方式2和方式3具有多机通信功能。2种方式除了波特率设置不同之外，其余功能完全相同。

① 特点。

- 帧结构为11位，包括起始位0、8位数据位、1位可编程位TB8/RB8以及1位停止位。
- 方式2的波特率固定，由PCON中的SMOD位选择。当SMOD = 0时，波特率为$f_{osc}/64$；当SMOD = 1时，波特率为$f_{osc}/32$。方式3的波特率由软件设置，由T1的溢出率决定。
- 在多机通信的操作中，TB8作为地址/数据标志位。TB8=1时表示地址帧，TB8=0时表示数据帧。

② 多机通信。串行接口的方式2和方式3具有多机通信功能，能实现一台主单片机和若干从单片机所构成的多机分布控制系统，其连接方式如图4-7所示。

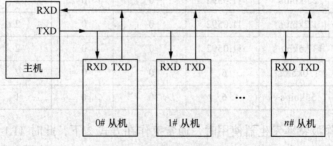

图4-7　多机通信示意图

在进行多机通信时，单片机SCON中的SM2位很关键。当从机的SM2=1时，从机只接收主机所发来的地址帧（特点是第9位为1），对数据帧不予理睬；当从机的SM2=0时，从机可以接收主机所发来的所有信息。具体过程如下。

- 置所有从机的 SM2 = 1，都处于只接收地址帧的状态。
- 主机发送一帧地址（前 8 位是地址值，第 9 位为 1，表示该帧信息是地址）。
- 所有从机接收到地址帧后，转去执行中断服务程序，目的是将所接收到的地址与自身地址进行比较，若二者相同，则 SM2 = 0，否则 SM2 = 1。
- 由于被呼叫从机已令 SM2 = 0，所以它可以接收主机下一步传送的所有数据，实现与主机之间的通信。
- 被呼叫从机通信完成后，置 SM2 = 1，恢复多机通信的原始状态。

4．波特率的设置

串行通信的波特率取决于串行接口的工作方式。

① 方式 0 的波特率是固定的，为 $f_{osc}/12$。

② 方式 2 的波特率有 2 种，取决于 SMOD（PCON.7），SMOD=1 时为 $f_{osc}/32$；SMOD=0 时为 $f_{osc}/64$。

③ 方式 1 和方式 3 的波特率。这 2 种方式下波特率取决于定时器/计数器 1 的溢出率及 SMOD，并有关系式波特率 $= \dfrac{2^{SMOD}}{32} \times T1$ 溢出率 $= \dfrac{2^{SMOD}}{32} \times \dfrac{f_{osc}}{12} \times \left(\dfrac{1}{2^k - 初值}\right)$

求得定时器 T1 的初值

$$初值 = 2^k - f_{osc} \times 2^{SMOD} / (32 \times 12 \times 波特率)$$

表 4-2 列出了定时器 T1 的常用波特率及定时器初值。

表 4-2　　　　　　　　　　　　　T1 的常用波特率

串口工作方式	波特率	f_{osc}(MHz)	SMOD	定时器 T1		
				C/T	方式	定时器初值
方式 0	1Mbit/s	12	×	×	×	×
方式 2	375bit/s	12	1	×	×	×
方式 1 与方式 3	62.5kbit/s	12	1	0	2	0FFH
方式 1 与方式 3	19.2kbit/s	11.0592	1	0	2	0FDH
方式 1 与方式 3	9.6kbit/s	11.0592	0	0	2	0FDH
方式 1 与方式 3	4.8kbit/s	11.0592	0	0	2	0FAH
方式 1 与方式 3	2.4kbit/s	11.0592	0	0	2	0F4H
方式 1 与方式 3	1.2kbit/s	11.0592	0	0	2	0E8H
方式 1 与方式 3	137.5kbit/s	11.0592	0	0	2	1DH
方式 1 与方式 3	110kbit/s	6	0	0	2	72H
方式 1 与方式 3	55kbit/s	6	0	0	1	0FEEBH

当定时器 T1 作波特率发生器使用时，通常工作在方式 2 下，此时 TL1 作计数用，自动重载值在 TH1 中。在应用时，往往根据所需的波特率，先选取 SMOD，计算出 T1 的溢出率，然后计算 T1 的时间常数。

例如：要求串行接口以方式 1 工作，通信波特率为 2400bit/s，设振荡频率 f_{osc} 为 6MHz，选

SMOD=1，则 T1 时间常数为

$$N = 256 - 2^1 \times 6 \times 10^6 / (32 \times 12 \times 2400) = 256 - 2^1 \times 6 \times 10^6 / (384 \times 2400) = 242.98 = F3H$$

（四）常用串行通信接口标准

常用的串行通信接口标准有 RS 232C、RS 422A 和 RS 485 等。

1. RS 232C 接口

RS 232C（Recommended Standard，232 是标识符，C 表示此标准修改了 3 次）是 EIA（美国电子工业联盟）在 1969 年推出的，全称是"数据终端设备 DTE（如计算机或各种终端机）和数据通信设备 DCE（如调制解调器 MODEM）之间串行二进制数据交换接口技术标准"。它是目前 PC 机与通信工业中应用广泛的一种串行接口，最大数据传输速率是 20kbit/s，最大传输距离是 15m。

（1）接口信号。目前较为常用的 RS 232C 有 9 针串口（DB9）和 25 针串口（DB25），其结构如图 4-8 所示。在保证通信准确性的前提下，如果通信距离较近（小于 12m），可以用电缆直接连接；若通信距离较远，需要调制解调器（Modem）。

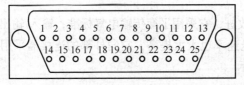

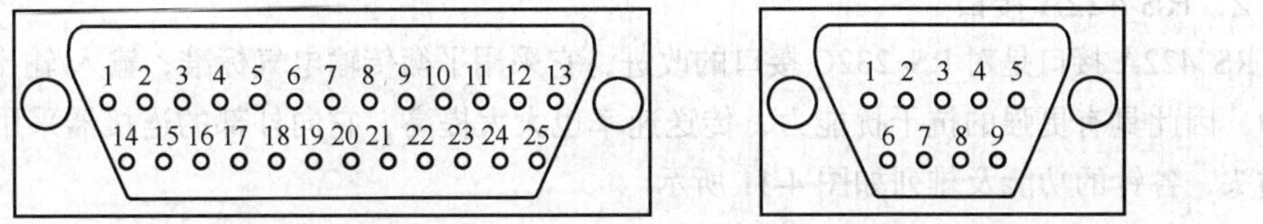

（a）25 针串口（DB25）　　　　　　（b）9 针串口（DB9）

图 4-8　RS 232C 串口结构

实际上 DB25 中有许多引脚很少使用，在计算机与终端通信过程中一般使用 3～9 条引线。最常用的 9 条引线的信号内容见表 4-3。

表 4-3　　　　　　　　　　　　　DB9 与 DB25 常用信号引脚说明

DB9 引脚	DB25 引脚	信号名称	符号	流　向	功　能
3	2	发送数据	TXD	DTE→DCE	DTE 发送串行数据
2	3	接收数据	RXD	DTE←DCE	DTE 接收串行数据
7	4	请求发送	RTS	DTE→DCE	DTE 请求 DCE 将线路切换到发送方式
8	5	允许发送	CTS	DTE←DCE	DCE 通知 DTE 线路已接通，可以发送数据
6	6	数据设备准备就绪	DSR	DTE←DCE	DCE 准备就绪
5	7	信号地	SGND		信号公共地
1	8	载波检测	DCD	DTE←DCE	表示 DCE 接收到远程载波
4	20	数据终端准备就绪	DTR	DTE→DCE	DTE 准备就绪
9	22	振铃指示	RI	DTE←DCE	表示 DCE 与线路接通，出现振铃

最为简单且常用的是三线制接法，即只用地线、接收数据线和发送数据线，如图 4-9 所示。

（2）逻辑电平与电平转换。RS-232 是早期为促进公用电话网络进行数据通信而制定的标准。它采用负逻辑，即-15～-3V 规定为"1"；+3～+15V 规定为"0"；-3～+3V 为过渡区，不能做定义。

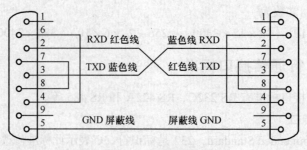

图 4-9　三线制接法

RS 232C 信号的电平和单片机串口信号的电平不一致，二者之间必须进行电平转换。电平转换芯片 MC1488（TTL 转换成 RS 232 信号）、MC1489（RS 232C 信号转换成 TTL），由于 MC1488 和 MC1489 需要 ±15V 或 ±12V 供电，使用不方便。现常用单+5V 电源供电的 MAXIM 公司的 MAX232 芯片，可以实现 RS 232C 与 TTL/CMOS 电平间的转换，该芯片的引脚图如图 4-10 所示。

在实际应用中，MAX232 对电源噪声很敏感，因此电源 VCC 应加上 0.5uF 的去耦电容。配接的 4 个电解电容（1μF/16V）安装时要尽量靠近器件，以提高抗干扰能力。

2．RS 422A 接口

RS 422A 接口是对 RS 232C 接口的改进，它采用平衡传输电气标准，输入/输出均采用差分驱动，因此具有更强的抗干扰能力，传送速率也大大提高，它向外部的连接器采用 9 针 "D" 型插头，各针的功能及排列如图 4-11 所示。

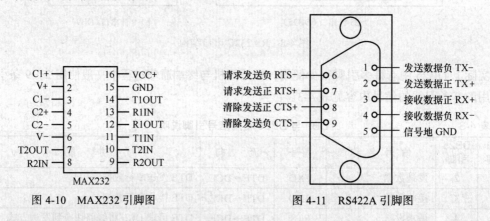

图 4-10　MAX232 引脚图　　　　　图 4-11　RS422A 引脚图

TTL 电平转换为 RS422A 电平的常用芯片有 SN75174、MC3487 等，RS422A 电平转换为 TTL 电平的常用芯片有 SN75175、MC3486 等。

3．RS 485 接口

（1）性能特点。RS 232 和 RS422A 虽然使用广泛，但有明显的不足，主要体现为接口的信号电平值较高，易损坏接口的电路芯片；必须经过电平转换电路方能与 TTL 电路相连；传输速率较低；对噪声的抗干扰性弱；传输距离有限。

RS 485 以良好的抗干扰性、长距离传输特性和多站能力等优点成为用户首选的串行接口。具体表现在以下几个方面。

① 接口信号电平比 RS 232C 低（±1.5～±6V），不易损坏接口电路芯片，且该电平与 TTL 电平兼容，可方便地与 TTL 电路连接。

② RS 485 传输数据的速度较快，最高速率达到 10Mbit/s。

③ 采用平衡驱动器和差分接收器的组合，抗共模干扰能力增强，即抗噪声干扰性好。

④ 最大传输距离的标准值为 4 000 英尺，折合 1 219m，实际上可达 3 000m。

⑤ RS 232C 接口在总线上只允许连接 1 个收发器，即只有单站能力。而 RS 485 接口允许在总线上同时连接 32 个发送器和 32 个接收器，即具有多站能力，这样用户可以利用单一的 RS 485 接口方便地建立起设备网络。

因为 RS 485 接口所组成的半双工网络一般只需要 2 根连线，所以 RS 485 接口均采用屏蔽双绞线传输。RS 485 接口连接器采用 DB9 的 9 芯插头座。

（2）与其他标准接口的对照。表 4-4 是 RS 485 与他标准接口的对照表。

表 4-4　　　　　　　　　　标准串行接口的对照表

比照项目　　　接口标准	RS-232C	RS-422A	RS-485
功能	双向，全双工	双向，全双工	双向，半双工
工作方式	单端	差分	差分
逻辑 "0" 电平	3～15V	2～6V	1.5～6V
逻辑 "1" 电平	−15～−3V	−6～−2V	−6～−1.5V
节点数	1 发 1 收	1 发 10 收	1 发 32 收
最大传输距离	15m	1 219m	1 219m
最大传输速率	20kbit/s	10Mbit/s	10Mbit/s
驱动器加载出电压	± 5～ ± 15V	± 2V	± 1.5V
接收器输入电阻	3～7kΩ	4kΩ（最小）	≥12kΩ
抗干扰能力	弱	强	强

（五）串行接口通信编程基础

1．串行接口初始化

串行接口初始化一般包括以下几个方面。

① 确定串口的工作方式，即写 SCON、PCON 寄存器。

② 确定定时器 1 的工作方式，即写 TMOD 寄存器 (将 T1 设置为波特率发生器)。

③ 根据波特率求解时间常数并对 TH1 和 TL1 赋值。

④ 若使用串口中断方式，开 CPU 和中断源，即写 IE 寄存器。

例：某 80C51 单片机通信系统的晶振频率为 11.0592MHz，要求串行接口发送 8 位数据，波特率为 9600bti/s，请编写其初始化程序。

解：使用 T1 工作于方式 1（则 $k = 8$），SMOD $= 0$，（则 $k = 8$），代入式

$$初值 = 2^k - f_{osc} \times 2^{SMOD} /(32 \times 12 \times 波特率)$$

得 T1 的时间常数初值为

$$初值 = 256 - 2^0 \times 11.0592 \times 10^6/（384 \times 9600）= 256 - 3 = 253 = 0xFD$$

初始化程序为

```
SCON=0x50;    //串口工作于方式1，8位异步，允许接收
TMOD=0x20;    //T1作为定时器，工作于方式2，8位自动装载
PCON=0x00;    //波特率不加倍
TL1=TH1=0xFD; //装入时间常数初值
```

```
EA=1;
ES=1;               //允许串口中断
TR1=1;              //启动 T1 波特率发生器 1
```

注意，用上述公式计算出的波特率不是整数，近似取整后，波特率也就不能精确地等于 1200bit/s。但在异步传输中，每接收一个字符实际上都要调整步数一次，因此这点微小误差并不影响数据的收发。

2．发送

数据传送可采用中断和查询两种方式，无论采用哪种方式，都要借助于 TI 或 RI 标志。

串口发送时，当 TI 置 1（发送完一帧数据）后向 CPU 申请中断，在中断服务程序中要用软件把 TI 清零，以便发送下一帧数据。采用查询方式时，CPU 不断查询 TI 的状态，只要 TI 为 0 就继续查询，TI 为 1 就结束查询，TI 为 1 后也要及时用软件把 TI 清零。

例：外部中断 INT0 接一个按键，按一下就通过串行接口实现一个字符串的发送。该外部中断优先级设为最高。

首先在主程序中设外部中断

```
EX0=1;IT0=1;    //允许外部中断 0，下降沿触发
IP=0x01;        //外部中断 0 设为高优先级
中断函数程序为
//------------------------------------------
//外部中断 0
//----------------------
void EX_INT0() interrupt 0
{
  uchar *s="这是由 8051 单片机发送的字符串!\r\n";
  uchar i=0;
  while (s[i]!='\0')
    {
      SBUF=s[i];
      while (TI==0);
      TI=0;
      i++;
    }
}
```

3．接收

串口发送时，当 REN=1 且 RI=0 时，80C51 处于等待接收状态。一旦检测到 RI=1（接收完一帧数据），请求中断，在中断服务程序中要用软件把 RI 清零，以便接收下一帧数据，然后取走 SBUF 中的数据。采用查询方式时，CPU 需不断查询 RI 的状态，只要 RI 为"0"就继续查询，RI 为"1"就结束查询，RI 为"1"后也要及时用软件把 TI 清零。

接收可以采用中断和查询 2 种方式进行设计。

例：单片机接收 PC 发送的数字串，并逐个显示在数码管上。Receive_Buffer 为数字串接收缓冲数组，Buf_Index 为该数组索引。

中断方式的函数程序代码为

```
//-------------------------------------------
//串口接收中断函数
```

```
//------------------------------
void Serial_INT() interrupt 4
{
  uchar c;
  if (RI==0) return;
  ES=0;                        //关闭串口中断
  RI=0;                        //清除串行接收标志
  c=SBUF;                      //读取字符
  if (c>='0' && c<='9')        //如果接收的是数字字符
  {
    Receive_Buffer[Buf_Index]=c-'0';
    //缓存新接收的每个字符后存放-1为结束标志
    Receive_Buffer[Buf_Index+1]=-1;
    //缓冲指针递增,本例缓冲为100个数字字符,缓冲满后新接收的
    //字符从缓冲前存放,覆盖原来放入的字符
    Buf_Index=(Buf_Index+1)%100;
  }
  ES=1;
}
```

4.单片机与 PC 机的串行通信

本设计的系统中,单片机可接收 PC 的串口设计软件所发送的数字串,并逐个显示在数码管上,当按下单片机系统的 K1 按键时,会有一串中文字串由单片机串口发送给串口调试助手软件,并显示在软件接收窗口中。

(1)安装串口调试助手软件和虚拟串口驱动软件。向单片机发送数字串最简单的方法是使用串口调试助手软件。要使串口调试助手软件能与 PROTEUS 单片机串口直接交互,还需要安装虚拟串口驱动软件(Virtual Serial Port Driver)。

安装虚拟串口驱动软件 Virtual Serial Port Driver,安装完成后运行该程序,在图 4-12 所示窗口的 First Port 中选择 COM4,在 Second Port 中选择 COM5(也可以选择 COM3 和 COM4,如果它们未被占用),然后左键单击"Add pair"按钮,这 2 个接口会立即出现在左边的"Virtual Ports"分支下,且会有蓝色虚线将它们连接起来,如果打开 PC 的设备管理器,会在接口下发现多出了 2 个串口,显示窗口如图 4-13 所示。

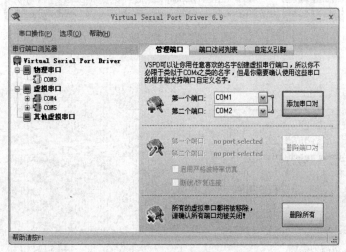

图 4-12 虚拟串口驱动软件

图 4-13　计算机管理窗口

串口调试助手软件的运行效果如图 4-14 所示。

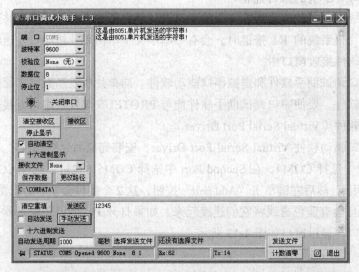

图 4-14　串口调试助手

（2）程序。

```
//名称:单片机与PC通信
//----------------------------------------------
#include <reg51.h>
#define uchar unsigned char
#define uint unsigned int
//数字串接收缓冲
uchar Receive_Buffer[101];
//缓存空间索引
uchar Buf_Index=0;
//数码管编码表,最后为黑屏
```

```
uchar code DSY_CODE[]={0x3f,0x06,0x5b,0x4f,0x66,0x6d,0x7d,0x07,0x7f,0x6f,0x00};
//-----------------------------------------------
//延时
//--------------------
void Delay(uint x)
{
  uchar i;
  while(x--) for(i=0;i<120;i++);
}


//-------------------------------------
//主程序
//--------------------
void main()
{
  uchar i;
  P0=0x00;
  Receive_Buffer[0]=-1;
  SCON=0x50;
  TMOD=0x20;
  PCON=0x00;
  TL1=TH1=0xFD;
  EA=1;
  EX0=1;IT0=1;
  ES=1;
  IP=0x01;
  TR1=1;
  while(1)
  {
    for(i=0;i<100;i++)
    {
      //遇到-1则认为一次显示结束
      if (Receive_Buffer[i]==-1) break;
      P0=DSY_CODE[Receive_Buffer[i]];
      Delay(200);
    }
    Delay(200);
  }
}


//-----------------------------------------------
//串口接收中断函数
//-------------------------------
void Serial_INT() interrupt 4
{
  uchar c;
  if (RI==0) return;
  ES=0;
  RI=0;
  c=SBUF;
  if (c>='0' && c<='9')
  {
```

```
    Receive_Buffer[Buf_Index]=c-'0';
    Receive_Buffer[Buf_Index+1]=-1;
    Buf_Index=(Buf_Index+1)%100;
  }
  ES=1;
}


//----------------------------------------
//外部中断 0
//----------------------
void EX_INT0() interrupt 0
{
  uchar *s="这是由 8051 单片机发送的字符串!\r\n";
  uchar i=0;
  while (s[i]!='\0')
    {
      SBUF=s[i];
      while (TI==0);
      TI=0;
      i++;
    }
}
```

KEIL 调试如图 4-15 所示。

图 4-15　KEIL 调试 C 程序

（3）电路

电路如图 4-16 所示。注意，PROTEUS 内置虚拟终端（Virtual Terminal）的 RXD 连接单片机 TXD 引脚，单片机所发送的字符可以在虚拟终端中显示出来。注意不要将虚拟终端连接

MAX232 的 T1OUT 引脚，这样显示的是乱码，虚拟终端要直接连接单片机串口。另外还要注意将单片机晶振设为 11.0592MHz，且虚拟终端的波特率要与程序中的设置相同。

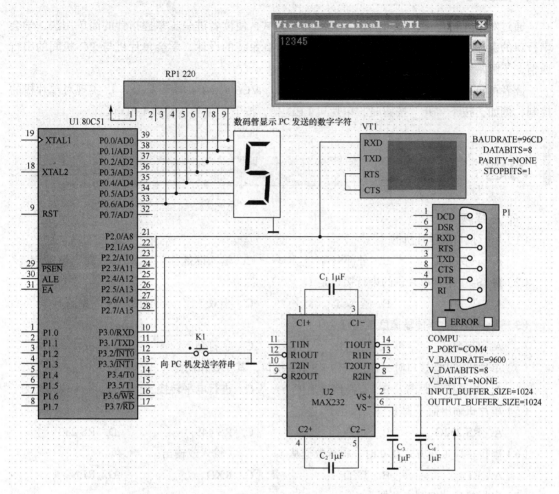

图 4-16　PROTEUS 仿真电路图

三、任务实施

（一）准备工具

所需工具：PC 机、KEIL 软件、PROTEUS 软件、串口调试助手软件、虚拟串口驱动软件 Virtual Serial Port Driver。

（二）实施步骤

按照第（四）中的步骤完成设计仿真。

① 掌握指针的简单用法。

② 了解串行通信的基础知识和串行接口的结构。

③ 理解串行接口的工作方式和波特率的设置。

④ 掌握单片机与 PC 间的串行通信设计。

⑤ 了解常用串行通信总线标准。

四、任务小结

通过对单片机与 PC 串口通信系统系统的调试，使读者进一步掌握指针的简单用法，学会串行口的工作方式和波特率的设置，掌握虚拟仿真系统的设计，学会单片机与 PC 机间的串行通信，了解常用串行通信总线标准。

读者可自己编写一个 Windows 软件（用 VB6、VC6 或.NET 等开发工具），实现对单片机的控制，例如，按下"开"按钮时，单片机 LED 亮，按下"关"按钮时 LED 灭。

习题

一、选择题

（1）串行接口是单片机的（　　）。

　　A. 内部资源　　　　B. 外部资源　　　　　C. 输入设备　　　　　D. 输出设备

（2）MCS-51 系列单片机的串行接口是（　　）。

　　A. 单工　　　　　　B. 全双工　　　　　　C. 半双工　　　　　　D. 并行口

（3）表示串行数据传输速度的指标为（　　）。

　　A. USART　　　　　B. USRT　　　　　　C. 字符帧　　　　　　D. 波特率

（4）单片机和 PC 接口时，往往采用 RS 232 接口，其主要作用是（　　）。

　　A. 提高传输距离　　B. 提高传输速度　　　C. 进行电平转换　　　D. 提高驱动能力

（5）单片机输出信号为（　　）电平。

　　A. RS 232C　　　　 B. TTL　　　　　　　C. RS 449　　　　　　D. RS 232

（6）串行接口工作方式在 0 时，串行数据从（　　）输入或输出。

　　A. RI　　　　　　　B. TXD　　　　　　　C. RXD　　　　　　　D. REN

（7）串行接口的控制寄存器为（　　）。

　　A. SMOD　　　　　B. SCON　　　　　　C. SBUF　　　　　　D. PCON

（8）当采用中断方式进行串行数据的发送时，发送完一帧数据后，TI 标志要（　　）。

　　A. 自动清零　　　　B. 硬件清零　　　　　C. 软件清零　　　　　D. 软，硬件均可

（9）当采用定时器 1 作为串行接口波特率发生器使用时，通常定时器工作在方式（　　）。

　　A. 0　　　　　　　 B. 1　　　　　　　　 C. 2　　　　　　　　 D. 3

（10）当设置串行接口工作方式为 2 时，采用（　　）技术。

　　A. SCON=0x80　　 B. PCON=0x80　　　 C. SCON=0x10　　　 D. PCON=0x80

（11）串行接口工作在方式 0 时，其波特率（　　）。

　　A. 取决于定时器 1 的溢出率

　　B. 取决于 PCON 中的 SMOD 位

　　C. 取决于时钟频率

　　D. 取决于 PCON 中的 SMOD 位和定时器 1 的溢出率

（12）串行接口工作在方式 1 时，其波特率（　　）。

A. 取决于定时器 1 的溢出率

B. 取决于 PCON 中的 SMOD 位

C. 取决于时钟频率

D. 取决于 PCON 中的 SMOD 位和定时器 1 的溢出率

（13）串行接口的发送数据和接收数据端为（　　　）。

A. TXD 和 RXD　　B. TI 和 RI　　　　　　C. TB8 和 RB8　　　　　D. RED

二、问答题

（1）什么是串行异步通信？有哪几种帧格式？

（2）定时器 1 作串行接口波特率发生器时，为什么采用方式 2？

三、编程题

编程实现甲、乙 2 个单片机进行点对点通信，甲机每隔 1s 发送一次"A"字符，乙机接收以后，在 LED 上能够显示出来。

模块五

A/D 与 D/A 转换接口的应用

任务一　简易数字电压表的设计

【能力目标】

- 掌握简易数字电压表的电路与程序设计

【知识目标】

- 了解 A/D 转换器 ADC0809 的基本性能
- 掌握 ADC0809 与单片机的接口方法及编程方法
- 了解单片机的数据采集过程

一、任务导入

用一片 ADC0809 和必要的外围器件与 AT89C51 接口，设计一个简易数字电压表，要求能对 IN3 输入的模拟电压进行识别，将其转换成相应的二进制数以发光二极管的形式显示。

电路仿真如图 5-1 所示。

二、知识链接

模/数转换接口的任务是将模拟信号转换成数字信号，它常与单片机的输入端相连。AT89S51 单片机自身并不具备 A/D 转换能力，须外接 A/D 转换芯片才能实现该功能，当单片机测控系统需要进行 A/D 转换时，有以下 2 种选择。

① 选用自身具有 A/D 转换功能的单片机，如 PIC 单片机。

② 扩展 A/D 转换芯片。A/D 转换器种类很多，有计数型（速度慢、价格低）、逐次逼近型（分辨率、速度、价格适中）、双积分型（分辨率高、抗干扰性强、价格低、速度较慢）和高速 A/D 转换器。常用的模/数转换接口芯片有 ADC0809（8 位并行）、ADC0832（8 位串行）等。

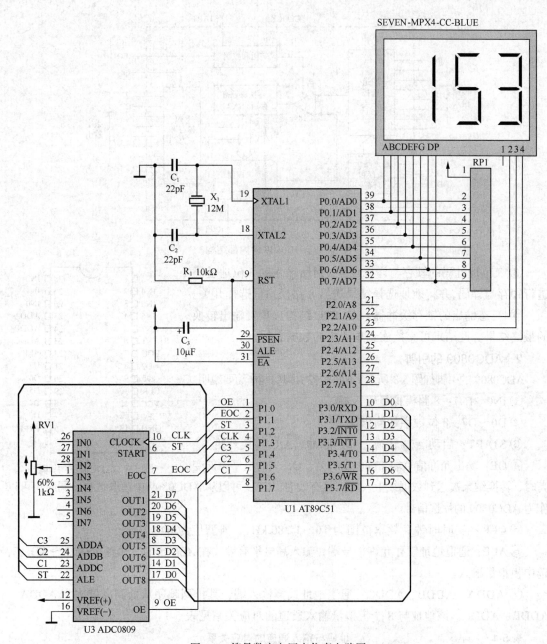

图 5-1 简易数字电压表仿真电路图

ADC0808/ADC0809 是逐次逼近型 8 通道 8 位 A/D 转换 CMOS 器件。转换电压为正负 5V，转换时间 100μs，功耗 15mW，具有锁存的三态输出，与 TTL 电平兼容，便于与微机接口连接。

（一）典型 A/D 转换芯片 ADC0809

1. ADC0809 的内部结构

ADC0809 的内部结构如图 5-2 所示，它包含以下几个部分。

① 8 路模拟量选择开关。根据地址锁存与译码装置所提供的地址，从 8 个输入的 0～5V 模拟量中选择一个输出。

② 8 位 A/D 转换器。能对所选择的模拟量进行 A/D 转换。

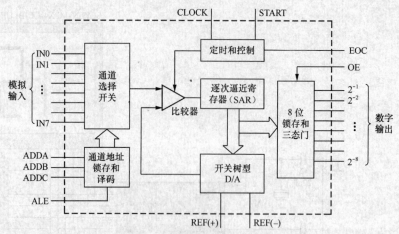

图 5-2　ADC0809 的内部结构

③ 3 位地址码的锁存与译码设置。对所输入的 3 位地址码进行锁存与译码，并将地址选择结果送给 8 路模拟量选择开关。

④ 三态输出的锁存缓冲器。是 TTL 结构，负责输出转换的最终结果。此结果可直接连到单片机的数据总线上。

2. ADC0809 的引脚

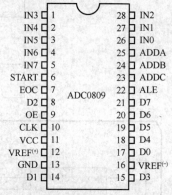

图 5-3　ADC0809 引脚图

ADC0809 的引脚如图 5-3 所示，下面对各引脚功能作简要说明。

① IN0～IN7：8 路模拟量输入端。

② D0～D7：8 位数字量输出端。

③ START：启动 A/D 转换，加正脉冲，A/D 转换开始。

④ OE：输出允许信号端，高电平有效。OE 端的电平由低变高时，转换结果被送到数据线上。此信号有效时，CPU 可以从 ADC0809 中读取数据，同时也可以作为 ADC0809 的片选信号。

⑤ CLK：实时时钟，频率范围为 10～1 280 kHz，典型值为 640 kHz。

⑥ ALE：通道地址锁存允许信号端，输入高电平有效。在 $ALE=1$ 时，锁存 ADDA～ADDC，选中模拟量输入。

⑦ ADDA、ADDB、ADDC：通道地址选择输入端，其排列顺序从低到高依次为 ADDA、ADDB、ADDC。该地址与 8 个模拟量输入通道的对应关系见表 5-1。

表 5-1　　　　　　　　　　　　址码与输入通道的对应关系

地　址　码			对应的输入通道	地　址　码			对应的输入通道
C	B	A		C	B	A	
0	0	0	IN0	1	0	0	IN4
0	0	1	IN1	1	0	1	IN5
0	1	0	IN2	1	1	0	IN6
0	1	1	IN3	1	1	1	IN7

⑧ EOC：转换结束信号端。转换开始时，EOC 信号变低电平；转换结束时，EOC 信号返回高电平。该信号可以作为 CPU 查询 A/D 转换是否完成的信号，也可以作为向 CPU 发出的中断申请信号。

EOC 和单片机有以下 3 种连接方式。

延时方式：EOC 悬空，启动转换后，延时 100μs 读入转换结果。

查询方式：EOC 接单片机接口线，查得 EOC 变高，读入转换结果。

中断方式：EOC 经非门接单片机的中断请求端，转换结束作为中断请求信号向单片机提出中断申请，在中断服务中读入转换结果。

⑨ V_{REF}（+）、V_{REF}（-）：正负参考电压。一般情况下，V_{REF}（+）接+5V，V_{REF}（-）接地。此时的转换关系见表 5-2。

表 5-2　　　　　　　　　　　　ADC0809 的输入/输出关系

输入模拟电压（V）	输出数字量	输入模拟电压（V）	输出数字量
0	0000 0000B	...	...
...	...	5	1111 1111B
2.5	1000 0000B		

注：在 V_{DEF+} = +5V，$V_{DEF(-)}$ = 0 的情况下。

⑩ VCC、GND：工作电源和地。

3. ADC0809 的工作时序

START 引脚在一个高脉冲后启动 A/D 转换，当 EOC 引脚出现一个低电平时转换结束，然后由 OE 引脚控制，从并行输出端读取 1B 的转换结果。转换后的结果是 0x00～0xFF（0～255）。

（二）ADC0809 与单片机的接口应用

1. 采用 I/O 接口直接控制方式

ADC0809 与 89C51 的接口要求满足 ADC0809 转换时序的要求，电路如图 5-4 所示。

（1）地址线与数据线的连接数据线：ADC0809 的内部输出电路有三态缓冲器，其 8 位输出数据线可以直接任何接口相连，图中是和 AT89S51 的 P3 口相连。

地址线：如图所示，通道地址选择信号 ADDA～ADDC 与 P1.4、P1.5、P1.6 相连。如果用 IN3 通道，则 P1.4、P1.5、P1.6 为 1、1、0。

（2）时钟信号的连接。ADC0809 必须外接时钟。如果晶振频率采用不高（例如 6MHz），可以借用 ALE 输出，此时 ALE 的频率为 1MHz。还可利用定时/计

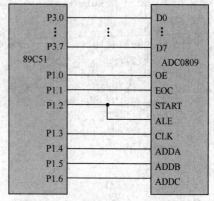

图 5-4　直接控制方式下 ADC0809
与单片机的接口

数器来产生时钟，图 5-4 所示就是用 P1.3 接 CLK，通过中断程序产生时钟。

（3）控制信号的连接。如图 5-4 所示，OE 信号接 P1.0，EOC 信号接 P1.1，ADC0809 的 ALE 和 START 均为正脉冲，而且基本同步，所以同时接 P1.2。

2. ADC0809 的编程

应用 ADC0809 进行程序设计时，一般要包含以下基本步骤。

① 启动 AD 转换。START 引脚下降沿启动。

② 判断 A/D 转换是否结束。查询 EOC 引脚状态，EOC 引脚信号由"0"变"1"，表示 A/D 转换结束。

③ 读取转换结果。允许读数，将 OE 引脚设置为"1"，读取 A/D 转换结果。

3. ADC0809 应用实例——简易数字电压表

（1）硬件原理。电路如图 5-5 所示。

（2）程序代码。程序为如下。

```
//功能:单片机控制的简易数字电压表,对IN3所输入的模拟电压进行识别
//      并显示在数码管上
#include <reg51.h>
#define uchar unsigned char
#define uint unsigned int

//数码管段码定义
uchar code LedData[]={0x3f,0x06,0x5b,0x4f,0x66,0x6d,0x7d,0x07,0x7f,0x6f,0x00};

//ADC0809引脚定义
sbit OE=P1^0;
sbit EOC=P1^1;
sbit ST=P1^2;
sbit CLK=P1^3;

//延时
//--------------------
void DelayMs(uint ms)
{
  uchar i;
  while(ms--) for(i=0;i<120;i++);
}

//显示转换结果
void Display_Result(uchar d)
{
  P2=0xF7;
  P0=LedData[d%10];           //第4只管显示个位数
  DelayMs(5);
  P2=0xFB;
  P0=LedData[d%100/10];       //第3只管显示十位数
  DelayMs(5);
  P2=0xFD;
  P0=LedData[d/100];          //第2只管显示百位数
  DelayMs(5);
}

void main(void)
{
  TMOD=0x02;
  TH0=0x14;
  TL0=0x00;
  IE=0x82;
  TR0=1;

  P1=0x3F;                    //选择通道3(0011)
                              //高4位设通道地址为0011(3),低4位为ST,EOC,OE等
  while(1)
  {
    ST=0;ST=1;ST=0;           //启动转换
    while(EOC==0);            //等待转换结束
    OE=1;                     //允许输出
    Display_Result(P3);      //显示A/D转换结果
    OE=0;                     //关闭输出
  }
}

//T0定时器中断给ADC0809提供时钟信号
```

```
void Timer0_INT() interrupt 1
{
  CLK=~CLK;
}
```

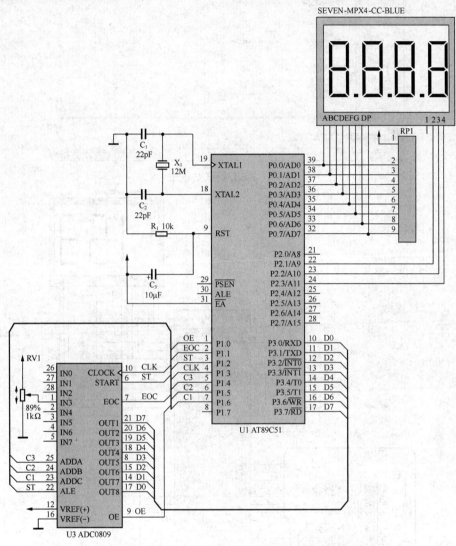

图 5-5　简易数字电压表硬件电路

三、任务实施

（一）准备工具

所需工具：PC 机、KEIL 软件、PROTEUS 软件。

（二）实施步骤

（1）KEIL 调试。使用 KEIL 软件编程并生成.HEX 文件，如图 5-6 所示。

（2）PROTEUS 仿真。使用 PROTEUS 软件绘制硬件电路，将生成的.HEX 文件加载到硬件仿真电路中调试。仿真电路图如图 5-7 所示。

图 5-6　KEIL 调试 C 程序

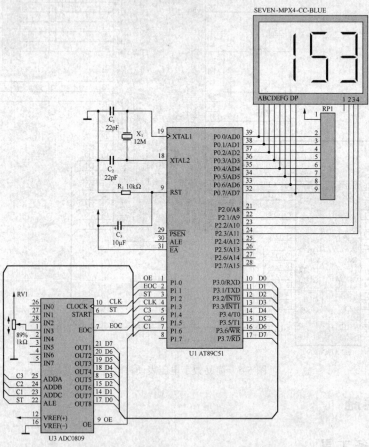

图 5-7　PRO 达式 TEUS 仿真电路图

四、任务小结

通过仿真调试简易数字电压表，了解 A/D 转换器 ADC0809 的基本性能、掌握 ADC0809 与单片机的接口方法及编程方法，了解单片机的数据采集过程。

在此任务中，只对 IN3 的模拟电压值进行测量显示，实际上，可以同时对 8 路模拟电压值进行测量。仍采用该电路，请编程实现该功能。

任务一　锯齿波发生器的设计

【能力目标】

- 掌握锯齿波发生器的程序调试和仿真

【知识目标】

- 了解 DAC0832 的内部结构和引脚
- 掌握 DAC0832 与单片机的接口技术及编程方法
- 掌握 C51 程序设计中扩展 I/O 接口地址的设置方法

一、任务导入

用一片 DAC0832 和必要的外围器件与 AT89S51 接口，设计一个锯齿波发生器。电路仿真如图 5-8 所示。

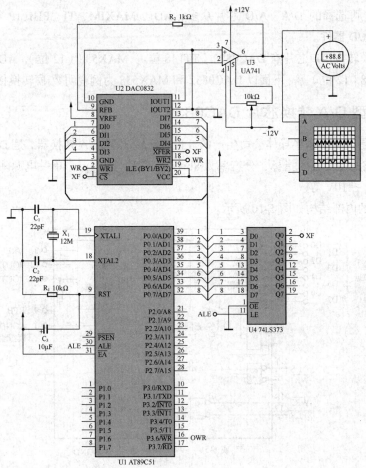

图 5-8　锯齿波发生器电路仿真图

二、知识链接

由于单片机的输入和输出信号只能是数字量，因此在由单片机构成的测控系统中经常要用到模/数（A/D）转换和数/模（D/A）转换接口。单片机和被控对象间的接口示意图如图5-9所示。

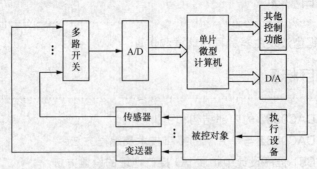

图5-9　单片机和被控对象间的接口示意图

数/模转换接口的任务是将数字信号转换成与其量值成正比的电流信号或电压信号（即模拟信号）。其作用相当于一个实现二进制数到十进制数转换，并将转换结果以电流或电压形式输出的物理器件。它常接在单片机的输出端与执行设备（如电磁阀）之间。

目前市面上可选择的D/A、A/D芯片众多，ADI、MAXIM、TI、PHILIP等大公司都生产有各自系列的A/D器件。

常用的数/模转换接口芯片有DAC0832（TTL 8位）、MAX538（12位）、AD7524（CMOS 8位）和DAC1208（12位）等。下面以DAC0832和MAX538为例说明数/模转换接口的使用方法。

（一）典型D/A转换芯片DAC0832

DAC0832是美国国家半导体公司生产的8位电流输出型D/A转换器，是DAC0830系列产品中的一种。它的主要技术指标：分辨率为8bit，转换时间约1μs，单一电源(+5～+15V)供电，参考电压为+10～-10V等。

DAC0832的内部结构如图5-10所示。

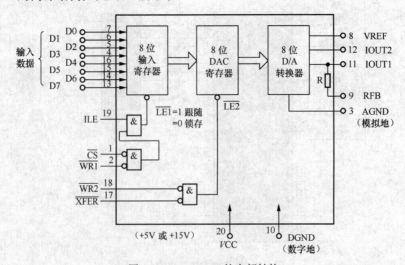

图5-10　DAC0832的内部结构

DAC0832 由输入寄存器和 DAC 寄存器构成 2 级数据输入锁存。使用时数据输入可以采用 2 级锁存（双锁存）形式或单级锁存（一级锁存，另一级直通）形式，或直接输入（2 级直通）形式。ILE 和 $\overline{WR1}$ 控制输入寄存器的工作方式，当 ILE = 1 且 $\overline{WR1}$ = 0 时，为直通方式；当 ILE = 1 且 $\overline{WR1}$ = 1 时，为锁存方式。$\overline{WR2}$ 和 $\overline{XFER}$ 控制 DAC 寄存器的工作方式，当 $\overline{WR2}$ = 0 且 $\overline{XFER}$ =0 时，为直通方式，当 $\overline{WR2}$ =1 或 $\overline{XFER}$ =1 时，为锁存方式。

DAC0832 芯片为 20 引脚、双列直插式封装，其引脚排列如图 5-11 所示，各引脚信号说明见表 5-3。

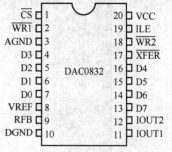

图 5-11　DAC0832 引脚图

表 5-3　　　　　　　　　　　　DAC0832 各引脚信号说明

引　脚	功　　能
DI7～DI0	转换数据输入
$\overline{CS}$	片选信号（输入），低电平有效
ILE	数据锁存允许信号（输入），高电平有效
$\overline{WR1}$	第 1 写信号（输入），低电平有效
$\overline{WR2}$	第 2 写信号（输入），低电平有效
$\overline{XFER}$	数据传送控制信号（输入），低电平有效
Iout1	电流输出 1
Iout2	电流输出 2
Rfb	反馈电阻端
Vref	基准电压，其电压可正可负，范围为−10V～+10V
DGND	数字地
AGND	模拟地

通过 $\overline{CS}$、$\overline{WR1}$、$\overline{WR2}$、$\overline{XFER}$ 等控制信号的变化，可以很方便地实现对 2 个 8 位寄存器的独立控制。

（二）DAC0832 与单片机的接口应用

1. DAC0832 的 3 种工作方式

DAC0832 内部具有 2 级 8 位寄存器，通过与 AT89S51 的适当连接，可以构成 3 种工作方式。

（1）直通工作方式。直通工作方式是指将输入寄存器和 DAC 寄存器都工作在直通方式。因此，只要有数字量输入，就可以立即进行 D/A 转换。这种方式主要用于连续反馈的控制，其他情况下较少应用。

（2）单缓冲工作方式。这种工作方式使输入寄存器和 DAC 寄存器中的任意一个处于直通方式，而另一个处于受控的锁存方式。在 AT89S51 的实际应用系统中，当只有一路模拟量输出或几路模拟量不需要同步输出时，就可以采用单缓冲工作方式。DAC0832 与单片机的单缓冲连接方式的简图如图 5-12 所示。

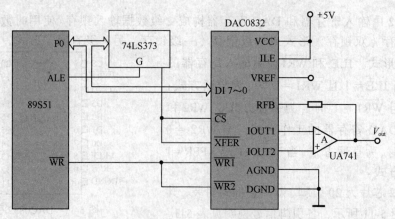

图 5-12　DAC0832 与单片机的单缓冲连接简图

74LS373 的输出 Q0 与 DAC0832 的 $\overline{CS}$ 和 $\overline{XFER}$ 相连，这样，当 Q0 选通 DAC0832 后，只要输出 $\overline{WR}$ 信号，DAC0832 就能进一步完成数字量的输入锁存 D/A 转换输出功能。如图 5-12 所示，由于 $Q0=0$ 时选通 DAC0832，所以 DAC0832 的接口地址为 0xFFFE。

DAC0832 为电流输出，而在实际应用中，作为输出控制的信号大多为电压信号，如直流电机、线性电磁阀等，因此还需要在电流输出端连接运算放大器，将电流信号转换为电压信号，图 5-12 所示采用 UA741 作电压输出。

（3）双缓冲工作方式。所谓双缓冲方式就是把 DAC0832 的 2 个寄存器都连接成受控锁存方式。双缓冲方式的连接如图 5-13 所示。

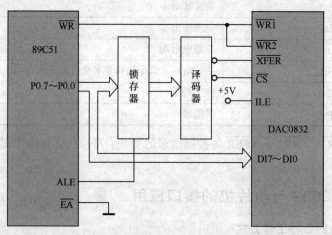

图 5-13　DAC0832 的双缓冲连接

为了实现寄存器的可控，应当给每个寄存器分配一个地址，以便能按地址进行操作。图是采用地址译码输出分别接 $\overline{CS}$ 和 $\overline{XFER}$ 实现的，然后再给 $\overline{WR1}$、$\overline{WR2}$ 提供写选通信号，这样就完成了 2 个寄存器都可控的双缓冲接口方式。

2. DAC0832 的编程

DAC0832 的编程比较容易，只要提供芯片地址并进行一次简单的数据读/写操作即可。

首先需要设置 DAC0832 地址。在 C51 程序设计中，定义外部 RAM 或扩展 I/O 接口的地址的方法是在程序中必须包含 "absacc.h" 绝对地址访问头文件，然后用关键字 XBYTE 来定义 I/O 接口地址或外部 RAM 地址。

例如：

```
#include<absacc.h>                      //绝对地址访问头文件
#define DAC0832 XBYTE[0xFFFE]          //设置 DAC0832 地址
```

有了以上定义后，就可以直接在程序中对已定义的接口名称进行读写了。

例如：

```
i=220; DAC0832=i;                      //D/A 转换输出
```

3．锯齿波发生器

（1）DAC0832 的输出电压和锯齿波产生原理。DAC0832 有 2 种输出形式：单极性输出和双极性输出。

单极性输出输出电压为

$$V_{OUT} = -B \times \frac{V_{REF}}{256}$$

双极性输出电压为

$$V_{OUT} = -(128-B) \times \frac{V_{REF}}{256}$$

其中 B 为输入数字量，其范围为 0～255，V_{REF} 为参考电压。

如图 5-14 所示，DAC0832 采用单极性输出形式。

锯齿波产生原理：单片机从输出数字量 0 开始，逐次加 1 直到 255；然后再从 0 开始，如此重复，DAC0832 即可输出锯齿波。

（2）硬件原理。电路图如图 5-14 所示。

（3）程序代码。参考程序如下。

```
//功能：采用 DAC0832 产生锯齿波程序
#include<absacc.h>                      //绝对地址访问头文件
#include<reg51.h>
#define uchar unsigned char
#define uint unsigned int
#define DAC0832 XBYTE[0xFFFE]          //DAC0832 地址

//延时
//--------------------
void DelayMs(uint ms)
{
  uchar i;
  while(ms--) for(i=0;i<120;i++);
}

//主程序
void main()
{
  uchar i;
  //连续输出锯齿波
  while(1)
  {
    for(i=0;i<=255;i++)
        DAC0832=i;                     //D/A 转换输出
   DelayMs(1);
  }
}
```

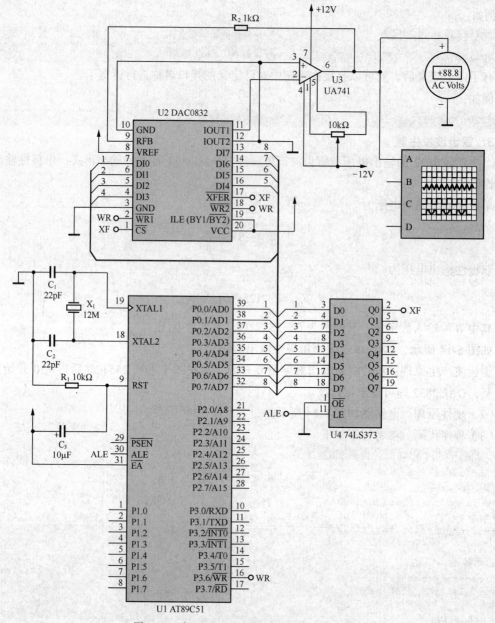

图 5-14　由 DAC0832 构成的简易波形发生器

三、任务实施

（一）准备工具

所需工具：PC 机、KEIL 软件、PROTEUS 软件。

（二）实施步骤

（1）KEIL 调试。使用 KEIL 软件编程并生成 .HEX 文件，如图 5-15 所示。

（2）PROTEUS 仿真。仿真电路图如图 5-16 所示。

图 5-15　KEIL 调试 C 程序

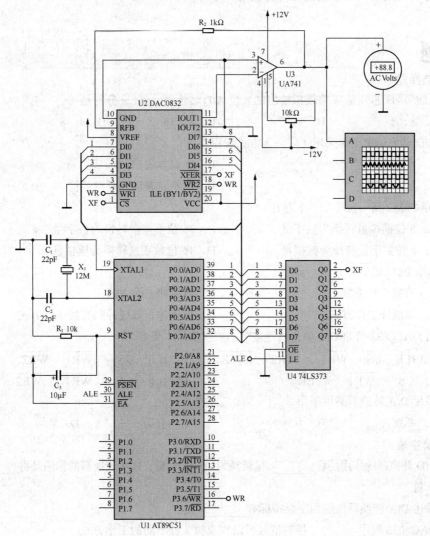

图 5-16　PROTEUS 仿真电路图

仿真出来的锯齿波波形如图 5-17 所示。

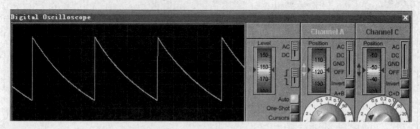

图 5-17　仿真出的锯齿波

四、任务小结

通过调试仿真锯齿波发生器，了解 DAC0832 的内部结构和引脚，掌握 DAC0832 与单片机的接口技术及编程方法，掌握 C51 程序设计中扩展 I/O 接口地址的设置方法。

此任务稍加改动，可以输出很多种波形，如方波、梯形波等。

习题

一、选择题

（1）ADC0809 芯片是 m 路模拟输出的 n 位 A/D 转换器，m、n 分别是（　　）。

    A. 8、8　　　　　　B. 8、9　　　　　　C. 8、16　　　　　　D. 1、8

（2）A/D 转换结束通常采用（　　）方式编程。

    A. 中断方式　　　　　　　　　　　　B. 查询方式

    C. 延时等待方式　　　　　　　　　　D. 中断、查询和延时等待

（3）DAC0832 是一种（　　）芯片。

    A. 8 位模拟量转换为数字量　　　　　B. 16 位模拟量转换为数字量

    C. 8 位数字量转换为模拟量　　　　　D. 16 位数字量转换为模拟量

（4）DAC0832 的工作方式通常有（　　）。

    A. 直接工作方式　　　　　　　　　　B. 单缓冲工作方式

    C. 双缓冲工作方式　　　　　　　　　D. 单缓冲、双缓冲和直接工作方式

（5）当 DAC0832 与 89C51 单片机连接时的控制信号主要有（　　）。

    A. ILE $\overline{\text{CS}}$ $\overline{\text{WR1}}$ $\overline{\text{WR2}}$ $\overline{\text{XFER}}$　　B. ILE $\overline{\text{CS}}$ $\overline{\text{WR1}}$ $\overline{\text{WR2}}$

    C. $\overline{\text{CS}}$ $\overline{\text{WR1}}$ $\overline{\text{XFER}}$　　　　　　D. ILE $\overline{\text{CS}}$ $\overline{\text{WR1}}$ $\overline{\text{WR2}}$

（6）多片 D/A 转换器必须采用（　　）接口方式。

    A. 单缓冲　　　　B. 双缓冲　　　　　C. 直通　　　　　D. 均可

二、填空题

（1）A/D 转换器的作用是将＿＿＿＿量转换为＿＿＿＿量；D/A 转换器的作用是将＿＿＿＿量转为＿＿＿＿量。

（2）描述 D/A 转换器性能的主要指标有＿＿＿＿。

（3）DAC8032 利用＿＿＿＿控制信号可以构成的 3 种不同的工作方式

三、问答题

（1）判断 A/D 转换是否结束，一般可采用几种方式？每种方式有何特点？

（2）使用 ADC0809 进行转换的主要步骤有哪些？

（3）DAC0832 与 8051 单片机接口时有哪些控制信号？作用分别是什么？ADC0809 与 8051 单片机接口时有哪些控制信号？作用分别是什么？

（4）使用 DAC0832 时。单缓冲方式如何工作？双缓冲方式如何工作？

四、编程题

连接电路如图 5-16 所示，试编程产生以下波形。

（1）周期为 50ms 的三角波。

（2）周期为 50ms 的方波。

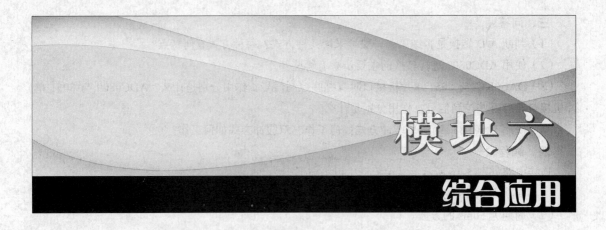

任务　可调式电子钟的制作

【能力目标】

· 掌握可调式电子钟的电路与程序设计

【知识目标】

· 掌握定时器、中断、按键、数码显示的综合应用
· 掌握较大程序的调试
· 进一步熟练电路的调试

一、任务导入

　　数码管从 12-00-00 开始显示时间，K1 和 K2 按键可用于调整小时与分钟，在调整过程中，时钟以新的时间为起点继续刷新显示。

图 6-1　可调式电子钟的实物图

二、知识链接

（一）74LS245 简介

74LS245 是常用的芯片，用来驱动 led 或者其他的设备，它是 8 路同相三态双向总线收发器，可双向传输数据。

74LS245 还具有双向三态功能，既可以输出，也可以输入数据。

当 8051 单片机的 P0 口总线负载达到或超过 P0 最大负载能力时，必须接入 74LS245 等总线驱动器。

当片选端 $\overline{E}$ 低电平有效时，DIR = 0，信号由 B 向 A 传输（接收）；DIR = 1，信号由 A 向 B 传输（发送）；当 $\overline{E}$ 为高电平时，A、B 均为高阻态，如图 6-2 所示。

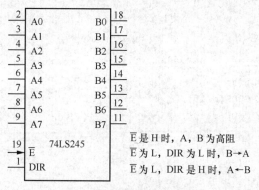

图 6-2　74LS245 的引脚图

（二）软件设计

```
//可调式电子钟
//K1,K2 分别用来调整时和分
#include<reg51.h>
#include<intrins.h>
#define uchar unsigned char
#define uint unsigned int


//数码管编码表
uchar code DSY_CODE[]={0xc0,0xf9,0xa4,0xb0,0x99,0x92,0x82,0xf8,0x80,0x90};
//显示缓冲 00-00-00(00xBF 为"-"的段码)
uchar DSY_BUFFER[]={0,0,0xBF,0,0,0xBF,0,0};

uchar Scan_BIT;          //扫描位,选择要显示的数码管
uchar DSY_IDX;           //显示缓冲索引 0～7
uchar Key_State;         //P1 口按键状态
uchar h,m,s,s100;        //时、分、秒、1/100s
```

```
//延时
//--------------------
void DelayMS(uchar x)
{
  uchar i;
  while(x--) for(i=0;i<120;i++);
}

//小时处理函数
void Increase_Hour()
{
 if(++h>23)  h=0;
   DSY_BUFFER[0]=DSY_CODE[h/10];
   DSY_BUFFER[1]=DSY_CODE[h%10];
}

//分钟处理函数
void Increase_Minute()
{
 if(++m>59)
    {m=0;Increase_Hour();}
   DSY_BUFFER[3]=DSY_CODE[m/10];
   DSY_BUFFER[4]=DSY_CODE[m%10];
}

//秒处理函数
void Increase_Second()
{
 if(++s>59)
    {s=0;Increase_Minute();}
   DSY_BUFFER[6]=DSY_CODE[s/10];
   DSY_BUFFER[7]=DSY_CODE[s%10];
}

//T0 中断-动态扫描数码管显示
void T0_INT() interrupt 1
{
 TH0=(65536-1000)/256;
   TL0=(65536-1000)%256;
 P3=Scan_BIT;                      //选通相应数码管
   P0=~DSY_BUFFER[DSY_IDX];        //段码送 P0(进行共阴共阳转换)
   Scan_BIT=_crol_(Scan_BIT,1);    //准备下次将选通的数码管
 DSY_IDX=(DSY_IDX+1)%8;            //索引在 0～7 内循环
}

//T1 中断-控制时钟运行
void T1_INT() interrupt 3
{
 TH1=(65536-50000)/256;
   TL1=(65536-50000)%256;
 if(++s100==20)                    //50ms*20=1s 延时
```

```
    {
        s100=0;Increase_Second();
    }
}

//主程序
void main()
{
    P0=P3=0xFF;
    TMOD=0x11;                                    //设置 T0,T1 工作在模式 1
    TH0=(65536-1000)/256;
    TL0=(65536-1000)%256;
    TH1=0xDC;
    TL1=0;
    TCON=0x01;
    EA=1;
    ET0=1;ET1=1;                                  //允许 T0,T1 中断
    h=12;m=s=s100=0;

    //将时分秒段码放入显示缓冲
    DSY_BUFFER[0]=DSY_CODE[h/10];
    DSY_BUFFER[1]=DSY_CODE[h%10];
    DSY_BUFFER[3]=DSY_CODE[m/10];
    DSY_BUFFER[4]=DSY_CODE[m%10];
    DSY_BUFFER[6]=DSY_CODE[s/10];
    DSY_BUFFER[7]=DSY_CODE[s%10];
    Scan_BIT=0xFE;
    DSY_IDX=0;
    TR0=TR1=1;                                     //启动 2 个定时器
    Key_State=0xff;
    while(1)
    {
        if(P1^Key_State)
        {
            DelayMS(10);
            if(P1^Key_State)
            {
                Key_State=P1;EA=0;
                if((Key_State&0x01)==0) Increase_Hour();
                                                   //K1+小时
                else if((Key_State&0x02)==0)       //K2+分钟
                {
                m=(m+1)%60;
                DSY_BUFFER[3]=DSY_CODE[m/10];
                DSY_BUFFER[4]=DSY_CODE[m%10];
                }
                EA=1;
            }
        }
    }
}
```

三、任务实施

（一）准备器件、工具

（1）所需工具。

① PC机、KEIL软件、PROTEUS软件。

② 编程器及其软件。

③ 电烙铁（25～40W）、镊子、焊锡、松香（或焊锡膏）等。

（2）所需器件见表6-1。

表6-1　　　　　　　　　　　　　　　　所需器件表

器 件 名 称	型　　号	数　　量	器 件 名 称	型　　号	数　　量
IC插座	DIP40	1	万用板		1
单片机	AT89S51	1	晶振	12MHz	1
时钟电容	22pF	2	复位电容	10μF	1
复位电阻	10kΩ	1	复位按键		1
导线		若干			
数码管	4位LED数码管	2	按键		2
驱动芯片	74LS245	1			

（二）实施步骤

（1）KEIL调试。使用KEIL软件编程并生成.HEX文件，如图6-3所示。

图6-3　KEIL调试C程序

（2）PROTEUS 仿真。使用 PROTEUS 软件绘制硬件电路，将生成的.HEX 文件加载到硬件仿真电路中调试。仿真电路图如图 6-4 所示。

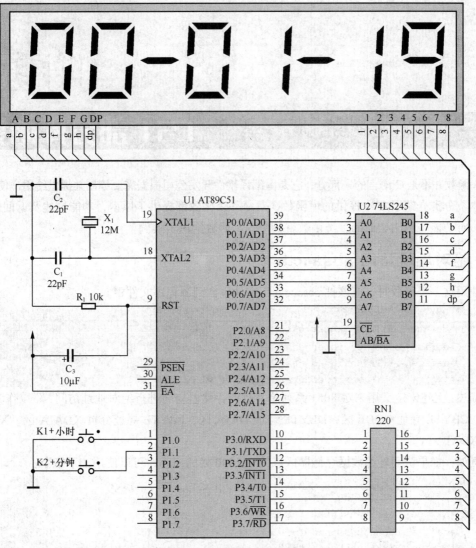

图 6-4　PROTEUS 仿真电路图

（3）焊接电路。

① 在万用板上从大到小布置 IC 插座、4 位 LED、按键、晶振、三极管、电容、电阻等各个器件。

② 依照图 6-4 所示将各个连线焊接好。

③ 将电池盒固定在万用板的背面，并焊接电源线和地线。

（4）烧录芯片。通过编程器及其编程软件，将.HEX 文件烧录到 51 芯片的程序存储器中。

（5）试验。将 51 芯片插到 IC 插座上，接通电源，即可观察到电子钟的显示，按键可以调节时和分。

附录

C51 部分库函数

库函数并不是 C 语言的一部分，它是由编译软件开发公司根据需要编制并提供给用户使用的。

本节分类介绍了 C51 提供的库函数，对每一个函数都提供了原型，功能描述及返回值等，其中，对功能与用法类似的一类函数就其中一个函数给出了实例。

一、绝对地址访问 absacc.h

使用这一类函数时，应该把 absacc.h 头文件包含到源程序文件中。

```
CBYTE,DBYTE,PBYTE,XBYTE
原型: #define  CBYTE(unsigned char volatile code *)0)
      #define  DBYTE(unsigned char volatile idata *)0)
      #define  PBYTE(unsigned char volatile pdata *)0)
      #define  XBYTE(unsigned char volatile xdata *)0)
```

描述：上述宏定义用来对 8051 系列单片机的存储器空间进行绝对地址访问，可以作为字节寻址。CBYTE 寻址 CODE 区，DBYTE 寻址 DATA 区，PBYTE 寻址分页 XDATA 区，XBYTE 寻址 XDATA 区。

例如：如果访问外部数据存储器区域的 0x1000 处的内容，可以使用如下指令：

```
val=XBYTE[0x1000];
CWORD,DWORD,PWORD,XWORD
原型: #define  CWORD(unsigned int char volatile code *)0)
      #define  DWORD(unsigned int char volatile idata *)0)
      #define  PWORD(unsigned int char volatile pdata *)0)
      #define  XWORD(unsigned int char volatile xdata *)0)
```

描述：这个宏与前面的一些宏类似，只不过数据类型为 unsigned int 型。

二、内部函数 intrins.h

使用这一类函数时，应该把 intrins.h 头文件包含到源程序文件中。

```
_chkfloat_
```
原型：insigned char_chkfloat_(float val);

描述：函数_chkfloat_检查浮点数的状态。

返回值：函数_chkfloat_返回一个无符号字符型数据。该数据包含了以下状态信息：

    0 标准浮点数

    1 浮点数为 0

2+INF（超过上限）

3–INF（低于下限）

4NaN（非数字）的错误状态

例如：

```
#include <intrins.h>
float f1,f2,f3
void tst_chkfloat(void)
{
  f1=f2*f3;
  Ssich(_chkfloat_(f1))
  { case 0:printf("result is a number\n");break;
    case 1: printf("result is zero\n");break;
    case 2: printf("result is +INF\n");break;
    case 1: printf("result is -INF\n");break;
    case 1: printf("result is NaN\n");break;
  }
}
_crol_
原型: unsigned char _crol_(
      unsigned char c,          /*要移动的字符*/
      unsigned char b);         /*要移动的位数*/
```

描述：函数_crol_将字符 c 左移 b 次。该函数作为一个内部函数来使用，即直接在当前位置产生机器码，而不是通过函数调用的方式执行。

返回值：函数_crol_返回 c 被移位后的值。

例如：

```
#include <intrins.h>
void tst_crol_(void)
{
  char a;
  char b;
  a=0xA5;
  b=_crol_(a,3);   /*执行完后 b 的值是 0x2D*/
}

_cror_
原型: unsigned char _cror_(
      unsigned char c,          /*准备被右移的字符*/
      unsigned char b);         /*要移动的位数*/
```

描述：函数_cror_将字符 c 右移 b 次。该函数作为一个内部函数来使用，即直接在当前位置产生机器码，而不是通过函数调用的方式执行。

返回值：函数_cror_返回 c 被移位后的值。

例如：可参考_crol_函数。

irol

原型：unsigned char _irol_(unsigned int i,unsigned char b);

描述：函数_irol_将无符号整型数 i 左移 b 次。该函数作为一个内部函数来使用，即直接在当前位置产生机器码，而不是通过函数调用的方式执行。

返回值：函数_irol_返回 i 被移位后的值。

例如：可参考_crol_函数。

iror

原型：unsigned char_iror_(unsigned int i,unsigned char b);

描述：函数_irol_将无符号整型数 i 右移 b 次。该函数作为一个内部函数来使用，即直接在当前位置产生机器码，而不是通过函数调用的方式执行。

返回值：函数_iror_返回 i 被移位后的值。

例如：可参考_crol_函数。

lrol

原型：#include<intrins.h>

unsigned long_lrol_(unsigned long l,unsigned char b);

描述：函数_lrol_将无符号长整型数 l 右移 b 次。该函数作为一个内部函数来调用，将直接在当前位置产生代码，而不是作为函数来调用。

返回值：函数_ilol_返回 l 被移位后的值。

例如：可参考_crol_函数。

lrrl

原型：unsigned long_lror_(unsigned long l, unsigned char b);

描述：函数_lror_将无符号长整型数 l 右移 b 次。该函数作为一个内部函数来调用，将直接在当前位置产生代码，而不是作为函数来调用。

返回值：函数_lror_返回 l 被移后的值。

例如：可参考_crol_函数。

nop

原型：void_nop_(void)

描述：函数_nop_在程序响应位置插入 80c51 的 nop 指令，这是一个内部函数。

返回值：无。

例如：

```
#include<intrins.h>
void tst_nop(void)
{
p1=0xFF;
_nop_();          /*因硬件需要作简短的延时*/
_nop_();
p1=0x00;
}
```

testbit

原型：bit_testbit_(bit b);

描述：函数_testbit_产生一条 JBC 指令来测试该位是否为 1 的同时将该位清 0。该指令仅能用于可直接位寻址变量，不能用于任何表达式。该函数在当前位置产生代码而不作为函数调用来使用。

返回值：返回 b 的值。

例如：

```
#include<intrins.h>
void tst_testbit(void){
bit test_flag;
if (_testbit_(test_flat))
printf("bit was set\n");
else
```

```
printf("Bit was clear\n");
}
```

三、数学函数 math.h

使用这类函数时，必须在该源文件中使用命令行"#include<math.h>"将文件 math.h 包含到源程序中。

abs

原型：int abs（int val）;

描述：函数 abs 返回整型数 val 的绝对值。

返回值：参数 val 的绝对值。

例如：

```
# include<math.h>
void tst_abs()
{
int x ;
int y ;
x =-42;
y =abs (x);
 printf("ABS(%d)=%d\n",x,y,);
}
```

acos

原型：float acos （float x）;

描述：函数 acos 计算浮点数 x 的反余弦值，x 的值必须在-1～1 之间，函数的返回值是一个在 0 ～3.14 之间的值。

返回值：acos 返回 x 的反余弦值。

例如：可参考 abs 函数。

asin

原型：float asin（float x）;

描述：asin 函数计算浮点数 x 的反正弦函数值，x 的值必须在-1～1 之间，函数的返回值是一个在-3.14/2～3.14/2 之间的值。

返回值：asin 返回 x 的正弦值。

例：可参考 abs 函数。

atan

原型：float atan（float x）;

描述：atan 函数计算浮点数 x 的反正切值，这个返回值的范围是-3.14/2～3.14/2

返回值：返回 x 的反正切值。

例如：可参考 abs 函数。

atan2

原型：float atan2（float y，floatx）;

描述：atan2 函数计算浮点数 y/x 的反正切值，它使用 x 和 y 的符号以判断返回值的象限，该函数的反回值在-3.14～3.14 之间。

返回值：atan2 函数返回 y/x 的反正切函数值。

例如：可参考 abs 函数。

cabs

原型：char cabs（char val）;

描述：cabs 函数得到一个字符型数据的绝对值。

返回值：val 的绝对值。

ceil

原型：float ceil（float val）

描述：函数 ceil 返回大于等于 val 的最小整数。

返回值：函数 ceil 返回一个浮点数，该浮点数由一个大于等于 val 的整形数值构成。

例如：可参考 abs 函数的例子。

cos

原型：float cos（float x）

描述：函数 cos 计算浮点数 x 的余弦函数值，x 必在-65535～65535 之间，若超过这一数值将会得到一个 nan 错误。

返回值；函数 cos 返回参数 x 的余弦函数值。

例如：可参考 abs 函数。

cosh

原型：float cosh（float x）

描述：函数 cos 计算 x 的双曲余弦函数值。

返回值：函数 cosh 返回 x 的双曲余玄函数值。

例如：可参考 abs 函数。

exp

原型：float exp（float x）;

描述：函数 exp 计算 x 的指数函数即 e（x）。

返回值：函数 exp 返回 e（x）。

例如：可参考 abs 函数。

fabs

原型：#include<math.h>

float fabs (float val);

描述：函数 fab 得到浮点数 val 的绝对值。

例如：可参考 abs 函数。

floor

原型：float floor（float val）。

描述：函数 floor 计算小于等于浮点数 val 的最大值。

返回值：函数 floor 返回一个用浮点格式表示的小于等于 val 的整数。

例如：可参考 abs 函数。

fmod

原型：float fmod（float x，float y）;

描述：函数 fmod 返回一个浮点数，该数与浮点数 x 具有相同的符号，其绝对值比 y 的绝对值小，存在一个整形数 k，使得 k*y+f 等于 x。如果 x/y 的商不能够被表达，该函数的结果未定义。

返回值：函数 f mod 返回 x/y 的模。

例如：可参考 abs 函数。

labs

原型：long labs（long val）;

描述：函数 labs 计算长整数 val 的绝对值。

返回值：函数 labs 返回 val 的绝对值。

例如：可参考 abs 函数。

log

原型：float log（float log）;

描述：函数 log 计算浮点数 val 的自然对数。自然对数使用 e 即 2.718282 为底数。

返回值：函数 log 返回浮点数 val 的自然对数。

例如：可参考 abs 函数。

log10

原型：float log10（float val）;

描述：函数 log10 计算浮点数 val 的常用对数。常用对数以 10 为底数。

返回值：函数 log10 返回浮点数 val 的常用对数。

例如：可参考 abs 函数。

modf

原型：float modf(

```
    float val,
    float *ip
);
```

描述：函数 modf 将浮点数 val 分成整数部分和小数部分，小数部分作为一个有符号的浮点数返回，整数部分以浮点数的形式保存于指针 ip 所指空间。

返回值：函数 modf 返回浮点数 val 的小数部分，该部分与 val 的符号相同。

例如：可参考 abs 函数。

pow

原型：float pow（float x，float y）;

描述：函数 pow 计算 x 的 y 次方。

返回值：函数 pow 返回 x 的 y 次方。如果 X 不等于 0，并且 y = 0，则函数返回 1。

如果 x = 0 并且 y<= 0，则函数返回 NaN，如果 x<0 并且 y 不是一个整数则函数返回 NaN。

例如：可参考 abs 函数。

sin

原型：float sin（float x）;

描述：函数 sin 计算浮点数 x 的正弦值，x 的值必须 $-65535 \sim +65535$ 之间，否则函数返回 NaN。

返回值：x 的正弦值。

例如：可参考 abs 函数。

sinh

原型：float sinh（float val）;

描述：函数 sinh 计算浮点数 val 的双曲正弦函数值，val 的值必须在 $-65535 \sim +65535$ 之间，否则函数返回 nan。

返回值：val 的双曲正弦函数值。

例如：可参考 abs 函数。

sqrt

原型：float sqrt（float x）；

描述：函数 sqr 计算浮点数 x 的平方根。

返回值：x 的平方根。

例如：可参考 abs 函数。

tan

原型：float tan（float x）；

描述：函数 tan 计算浮点数 x 的正切值，经的值必须在 $-65535 \sim +65535$ 之间，否则函数返回 nan。

返回值：x 的正弦值。

例如：可参考 abs 函数。

tanh

原型：floattanh（float x）；

描述：函数 tanh 计算浮点　数 x 的双曲正切函数值。

返回值：x 的双曲正切函数值。

例如：可参考 abs 函数。

四、一般 IO 函数 stdio.h

使用这一类函数时，应该使用程序行 "#include<stdio.h>" 把 stdio.h 头文件包含到源程序文件中。

getchar

原型：char getchar（void）；

描述：函数 getchar 是基于 _getkey 和 putchar 函数的操作，使用_getchar 函数从输入流中读取一个字符，读到的这个字符随即通过函数 putchar 返回。标准的函数使用 80c51 的串行接口输入/输出函数，对这 2 个函数进行定制可以使用其他 I/O 方式。

返回值：函数 getchar 返回所读到的字符。

例如：

```
#include<stdo.h>
void tst_getchar(void)
    {
    char c;
    while((c=getchar()0!=0x1B)
    {
    printf("character=%c%bu%bx\n",c,c,c);
    }
}
```

结果：输入字符回显。

_getkey

原形：char_getkey（void）；

描述：函数_getkey 等待从串口接受一个字符。

返回值：程序_getkey 返回接受的字符。

例如：

```
#include<stdio.h>
void tst_getkey(void)
{
    char c;
    while((c=_getkey())!=OXlB)
    {
        printf("key=%c%bu%bx\n",c,c,c);
    }
}
```

结果：输入字符不回显

gets

原型：char *gets（char *string, int len）;

描述：函数 gets 调用函数 getchar 读入一行字符并回送一个字符串。这一行字符包括所有字符及第一个换行符 "\n"。换行符在字符串中将被 null 替代。

参数 len 指定读入字符的最小值。如果在读到换行符之前有 len 个字符被读取，则函数 gets 将终止继续读取并在字符串后加入 null 后返回。

返回值：函数 gets 返回字符串。

例如：

```
#include<stdio.h>
void tst_gets(void)
{
    xdata char buf[100];
    do{
    gets(buf,sizeof(buf));
    printf("input string\"%s\"",buf);
    }while(buf[0]!='\o');
}
```

结果：输入字符回显在串行窗口,一行字符结束后通过回车即可输出。

printf
原型：int printf(
          const char *fmtstr
          [, arguments]...);

描述：函数 printf 使用格式化字符规定的方式对参数 arguments 的值进行格式化,结果被送到标准的输出流中。默认情况下，这个标准的输出流是串行接口，实际上 printf 使用 puts 进行输出的；因此通过修改 KEIL 软件提供的 puts 函数的源程序，可以由字符、转义字符、格式特性字符组成。字符和转义字符将被原样复制到输出结果中，而格式特性字符总是由 "%" 作为引导，需要在该符号后面加上若干参数。格式字符串从左往右读，第一个格式特性字符与第一个输出量匹配，第二个格式特性字符与第二个输出量，依此类推，如果输出量的数量比格式特性字符多，则多出来的输出量将被忽略；如果附加参数比格式字符少,将产生不可预知的结果。

格式字符具有下列所示格式

%标志宽度精度{b|B|l|L}类型

格式字符中的每个区域可能是一个单个字符或具有指定含义的数字。

"类型"是一个单个字符，用于说明参数被当成字符、字串、数字或指针，其详细说明见附表。

附表　　　　　　　　　　　　　格式化字符的含义

字　符	参 数 类 型	输 出 格 式
D	int	有符号十进制数
U	unsigned int	无符号十进制数
O	unsigned int	无符号十进制数
X	unsigned int	无符号十进制数
x	unsigned int	无符号十进制数
F	float	浮点数，使用格式[-]ddd.dddd
e	float	浮点数，使用格式[-]d.dddde[-]dd
E	float	浮点数，使用格式[-]d.ddddE[-]dd
g	fLOAT	浮点数，既可以使用 f 格式，也可以使用 e 格式，取决于浮点值及精度使用哪种格式更紧凑
G	float	与 g 格式相同
C	char	有符号字符型
S	generic*	具有 null 字符的字符串
P	generic*	指针，使用格式 t:aaaa。这里 t 是存储类型（c:代码空间；i:内部 RAM；x:扩展的外部 RAM；p:扩展的外部一页 ROM）。Aaaa 是一个十六进制的地址

putchar

原型：char putchar（char c）；

描述：该函数 putchar 使用 80c51 的串行接口送出一个字符 c。

返回值：函数 putchar 返回字符 c。

例如：

```
#include<stdio.h>
void tst_putchar(void)
{
    unsigned char i;
    for(i=0x20; i<0x7F; i++)
      putchar(i);
}
puts
```

原型：int pust（const char *string）；

描述：函数 pust 通过程序将一个字符串和一个换行符写入输出流中。

返回值：如果有错误发生，则函数 pust 返回一个 eof；如果正常执行则返回 0。

例如：参考 putchar 函数。

scanf

原型：int scanf(

```
        const char *fmtstr        /*格式字符串*/
        [, argument]...);         /*附加参数*/
```

描述：函数 scanf 使用 getchar 函数来读取数据。数据从标准的流输入，使用格式化字符指定的方式格式化，存入 argument 所指定的存储空间内。

```
sprintf
原型：int sprintf(
```

```
        char* buffer;          /*存储缓冲区指针*/
        const char *fmtstr     /*格式化字符串*/
        [, argument]...);      /*附加参数*/
```

描述：该函数使用指定的格式化方式来格式化指定的对象，并将格式化后的对象存储在存储缓冲区中指针所指的区域中。其格式化字符串的含义可以参考 printf 函数。

```
sscanf
原型：int sscanf(
        char* buffer;          /*存储缓冲区指针*/
        const char *fmtstr     /*格式化字符串*/
        [, argument]...);      /*附加参数*/
```

描述：本函数从一个缓冲区中读入输入值，并按格式化字符串要对对输入值格式化，然后将其存储在 argument 所指定的存储空间内。

```
ungetchar
```

原型：char ungetchar（char c）;

描述：函数 ungetchar 将字符 c 回存到输入流中去。在该函数执行后，气候执行的 getchar 函数或其他从流中获得输入的函数将获得字符 c。注意，该函数仅能回存一个字符。

返回值：如果执行成功，则函数返回字符 c。如果连续两次以上调用函数 ungetchar 而中间又没有从流中读取数据的有关函数被执行，则第二次及以后执行时该返回一个 eof 表示执行函数出错。

例如：

```
#include<stdio.h>
void tst_ungetchar(void)
{
  char k;
  while (isdigit(k=getchar()))
  ungetchar(k);
}
vprintf
原型：#include<stdio.h>
        void vprintf(
        const char *fmtstr;
        char *argptr);
```

描述：vprintf 函数将一系列字符串和数值按照一定格式进行组织，并通过 putchar 函数写出到输出流中。该函数与 printf 类似，但是它的参数是指向参数列表的指针而不是参数列表。

参数 fmtstr 是一个指向格式化字符串的指针，且该参数与函数 printf 的参数具有相同的形式。参数 argptr 指向参数列表，这些参数根据相应的格式说明进行转换和输出。

返回值：返回实际写入输出流中的字符个数。

```
vsprintf
原型：#include<stdio.h>
        void vsprintf(
        char *buffer;          /*指向存储缓冲区的指针*/
        const char *fmtstr;    /*指向格式化字符串的指针*/
        char *argptr);         /*指向参数列表的指针*/
```

描述：vsprintf 将一系列字符串或数值格式化成一个字符串并保存到 buffer 中。该函数与 sprintf 类似，但使用指向参数列表的指针代替参数列表。

返回值：无。

参考文献

［1］汪德彪. MCS-51 单片机原理及接口技术[M]. 北京：电子工业出版社. 2007

［2］张晔，王玉民. 单片机应用技术[M]. 北京：高等教育教育出版社. 2006

［3］马忠梅. 单片机的 C 语言应用程序设计（第 4 版）[M]. 北京：北京航空航天大学出版社. 2007

［4］杜树春. 单片机 C 语言和汇编语言混合编程实例详解[M]. 北京：北京航空航天大学出版社. 2006

［5］周润景，张丽娜. 基于 PROTEUS 的电路及单片机系统设计与仿真[M]. 北京：北京航空航天大学出版社. 2006

［6］陈明荧. 8051 单片机课程设计实训教材[M]. 北京：清华大学出版社. 2004

［7］楼然苗，李光飞. 单片机课程设计指导[M]. 北京：北京航空航天大学出版社. 2007

［8］唐继贤. 51 单片机工程应用实例[M]. 北京：北京航空航天大学出版社. 2009

［9］李萍. AT89S51 单片机原理、开发与应用实例[M]. 北京：中国电力出版社. 2008